EEN NEUS VAN JUPITER

Richard Scrimger

Een neus van Jupiter

met tekeningen van
Harmen van Straaten

AFIJN
uitgeverij

Voor Nerissa

Richard Scrimger
Een neus van Jupiter

© 1998 Richard Scrimger, uitgegeven door Tundra Inc.
© 2004 voor het Nederlandse taalgebied: Uitgeverij Afijn,
een imprint van Uitgeverij Clavis, Amsterdam – Hasselt
Illustraties: Harmen van Straaten
Vertaling uit het Engels: Annelies Devos
Oorspronkelijke titel: *The Nose from Jupiter*
Oorspronkelijke uitgever: Tundra Books, Toronto
D/2004/9423/01
ISBN 90 5933 033 1
NUR 283
Alle rechten voorbehouden.

www.clavis.be

Hoe ben ik hier terechtgekomen?

Zou jij er ook een bloedhekel aan hebben als iedereen in de kamer kleren droeg behalve jij?

De arts draagt een jurk met daarover een witte doktersjas en de verpleegster heeft zo'n groen uniform aan. Mijn moeder draagt haar nieuwe tweed mantelpakje, een beetje verkreukeld na een hele dag op het werk en een halve nacht op een stoel naast mijn bed, maar hoe dan ook een mantelpakje. En ik draag een slip, dat is alles. Ik had een operatieschort van het ziekenhuis die niet helemaal dichtging, maar die moest ik weer uittrekken. Nu draag ik dus een donkergroene slip en een glimlach op mijn gezicht, en dat is het zo ongeveer. O nee, ik ben nog iets vergeten. Ik draag ook een verband. Het doet pijn, eerlijk gezegd, want het zit rond mijn hoofd.

De arts stelt zich voor. Ze is nieuw. Ik vergeet haar naam onmiddellijk. De verpleegster heb ik al gezien; zij heet Angela. Ze valt wel mee. De dokter kijkt glimlachend op me neer, ze port en prikt wat en laat me dan opnieuw mijn operatieschort aantrekken. Dat is al een beetje beter.

'Jij bent die jongen die in zichzelf zit te praten,' zegt ze terwijl ze de laser uit haar zak haalt. Goed, het is niet echt een laser, maar het lijkt er wel op en het voelt ook zo aan. Alle dokters hebben er een.

'Angela heeft me van alles over jou verteld.'

Ik zeg niets. Ze draait mijn hoofd en schijnt met het lichtje in mijn oog. Auw, inderdaad net een laserstraal!

'Hoe heet je?' vraagt ze.

Artsen moeten lang naar school gaan. Iedereen weet hoe slim ze zijn. Ze weten het allemaal zo goed. Maar ze denken waarschijnlijk dat de rest van de wereld zo dom is als het achtereind van een varken, want ze vragen dingen die overduidelijk zijn. Ik heb een massa dokters gezien sinds ik weer bijkwam, en allemaal vroegen ze mijn naam. Sommigen vroegen hem zelfs een paar keer na elkaar. En het is niet eens een lastige naam om te onthouden.

'Alan,' zeg ik dan. 'Alan Dingwall.'

Zeg maar niets. Het is mijn naam en ik moet het er al mijn hele leven mee doen.

'En ik ben nog altijd dertien.'

'Nog altijd?'

'Iedereen vraagt de hele tijd hoe oud ik ben. Nog even oud als een paar uur geleden. Ik zit nog altijd in dezelfde klas. Ik woon nog altijd in Cobourg. Mijn verjaardag valt nog altijd op 16 oktober.'

De arts gniffelt.

'En mijn hoofd doet nog altijd pijn.'

'O, mijn arme ding.' Ik kan haar niet zien, maar dat is mijn moeder. Wie was die Engelse koningin ook alweer met *Calais* in haar hart gekerfd? Welnu, mijn moeder heeft *O, mijn arme ding* in haar hart staan.

'We willen weten hoeveel je je nog kunt herinneren, Alan,'

zegt de arts. 'Daarom stellen we altijd opnieuw dezelfde vragen. Je was bijna vijf uur bewusteloos. Dat is lang. We hebben een heleboel onderzoeken gedaan, maar sommige waren … niet overtuigend.'

'Denkt u dat ik een probleem heb, dat ik mijn eigen naam niet meer weet? Of waar ik woon?'

De dokter draait mijn hoofd opnieuw naar zich toe en staart naar mijn neus. De vorige dokter deed dat ook. Wat denken ze daar te zien, misschien? Dan keert ze terug naar mijn ogen.

'Hoeveel herinner je je, Alan? Weet je nog iets van het ongeluk?'

'Ik heb het geprobeerd,' zeg ik. 'Ik herinner me de regen en de modder. En de rivier die stroomde. Het water stond heel hoog. En Norbert stroomde ook – ik was verkouden.'

Ik probeer door mijn neus te ademen.

'Mijn neus is nog altijd flink verstopt. Het is zelfs erger geworden.'

'Norbert is een van jouw vrienden?'

'Eh … een soort,' zeg ik.

'En toen?'

'Ik weet het niet.'

'En je andere vriend?' vraagt de arts. 'Dat kleine meisje met dat zwarte haar?'

'Miranda? Wat is er met haar?'

'Ze staat in het verslag van het Cobourg Ziekenhuis. Ze trok jou uit de rivier en belde de ziekenwagen. Kun je je dat niet meer herinneren?'

Ik schud het hoofd. Auw, dat doet pijn. Gek dat ik me niets meer herinner van Miranda. Gewoonlijk loopt ze niet met me mee van school naar huis. Ze neemt de bus. Dat zou ik zeker nog weten, als ze toen bij me was geweest. En die middag kon ze niet bij me zijn. Ik weet dat, hoewel ik me niet precies kan herinneren waarom.

Verdraaid, het lijkt alsof er een gat in mijn geheugen zit en alles wat met het ongeluk te maken heeft erin is gevallen: Miranda, de rivier, de herdershond, alles. Ik hoop maar dat ik het allemaal nog terugvind. Wacht eens even. Miranda heeft bruin haar, dacht ik.

'Ik wou dat ik me meer kon herinneren,' zeg ik uiteindelijk.

'Het komt wel goed. Je hebt geluk dat je in Cobourg woont, Alan. Ik ben er een paar keer geweest. Het is een leuke plek, zo dicht bij het meer. Kijk eens naar links. En nu naar rechts. Niet bewegen met je hoofd. Alleen je ogen.'

Ik ben blij dat ik mijn hoofd mag stilhouden. Het doet pijn als ik beweeg.

'Ik vraag me af of ik me ooit zal kunnen herinneren wat er gebeurd is,' zeg ik.

'Misschien wel. Maak je daar maar geen zorgen over. Draag jij altijd een groene onderbroek?'

'Hè?' zeg ik.

'Je boxershort. Vind je groen mooi?'

'Ik ... nee, niet echt,' zeg ik.

'Goed. Ik ook niet. Trouwens, even zakelijk nu: is je boxershort schoon of droeg je die gisteren ook al?'

'Zeg!'

'Ik probeerde gewoon even een nieuwe vraag uit. Ik wil mijn patiënten niet vervelen.'

Nu schijnt ze met haar lampje in mijn andere oog. Ik kan niet zeggen of ze grinnikt, maar het klinkt wel zo.

'Ik verveel me niet,' zeg ik.

'Goed. Kijk niet naar het licht. Kijk opnieuw naar links. En nu, wat vind je van deze: wat is de derdemachtswortel van vierhonderd negenentachtig?'

Ik knipper met mijn ogen.

'Ik weet het niet.'

De dokter knipt het lichtje uit. Ik kan zien hoe ze glimlacht.

'Goed,' zegt ze. 'Ik weet het ook niet. Het zou me verontrusten als je het wel wist.'

Op dat moment gaat de deur open en mijn vader komt naar binnen.

'Is dit de juiste kamer?' vraagt hij. Hij stapt snel, kijkt gewichtig en bezorgd tot hij me ziet. Dan blijft hij staan, alsof hij een stomp in zijn maag krijgt. Hij doet een trage, voorzichtige stap naar mijn bed toe. En nog een.

'Je bent wakker!' zegt hij.

Ik glimlach zwakjes.

'Ik dacht dat je buiten bewustzijn was,' zegt hij. 'Sorry dat het zo lang geduurd heeft. Mijn vliegtuig raakte niet in Toronto voor middernacht en de taxi kreeg pech onderweg naar het ziekenhuis.'

Dan ziet hij mijn moeder.

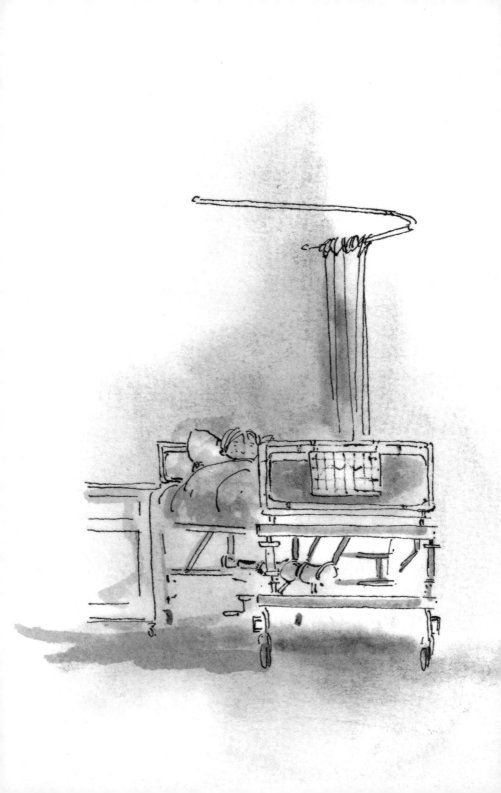

'Je zei dat hij in een coma lag,' zegt hij tegen haar.

Mijn moeder staat bij het raam en kijkt naar buiten. Ik weet niet wat ze daar denkt te zullen zien op dit uur van de nacht. Mijn vader staat in de deuropening nu. Elke keer dat ze samen zijn, wat niet zo vaak meer gebeurt, wijken mijn ouders allebei terug naar de verste hoek van de kamer. Je zou denken dat ze twee dezelfde polen van een magneet zijn. Polen die elkaar afstoten. Na de scheiding plaatste de firma van mijn vader hem over van Cobourg naar Chicago en daarna naar Minneapolis. Nu woont hij in Vancouver. Helemaal de andere kant van het continent. Nog een paar jaar en dan moet ik in de zomervakantie misschien naar Thailand om hem te zien.

De dokter dreunt haar lesje op. Ze stelt zich voor aan mijn vader. Ik mis opnieuw haar naam.

'Proficiat, meneer Dingwall,' zegt ze. 'Het komt helemaal in orde met uw zoon. Hij lag in wat wij noemen een lichte coma, maar hij is vroeger op de avond ontwaakt.'

'Geweldig,' zegt mijn vader.

Angela, de verpleegster, houdt mijn hand vast. Ze is lief, zoals ik al zei.

'Mag ik nu weer slapen?' vraag ik. Ik probeer te slapen sinds ik wakker ben. Dat klinkt gek, ik weet het, maar ik ben kort na het avondeten bijgekomen en ik doe sindsdien niets dan geeuwen. Maar ze hebben me geen enkele keer langer dan één uur aan een stuk laten slapen.

'Wil je eerst nog wat drinken?' vraagt de verpleegster. 'Een beetje gemberbier of fruitsap?'

'O ja,' zeg ik, 'graag!' Ik heb dorst. En ik ben moe. En ik heb hoofdpijn.

Nu ja, alles is beter dan een coma.

Mijn vader dringt erop aan te blijven. Ik vraag me af of het echt is wat hij wil. Misschien probeert hij gewoon mijn moeder van streek te maken. Zij wil namelijk ook bij me blijven.

'Je ziet er afschuwelijk uit, Helen,' zegt mijn vader tegen haar. 'Waarom ga je niet naar huis om een beetje te rusten? Ik waak wel bij Alan.'

De arts en de verpleegster glimlachen, alsof we zo'n gezinnetje van op televisie zijn en iedereen echt bezorgd is voor elkaar. Wat we nog missen, is een hond of misschien een onuitstaanbaar klein zusje. En een gekke buurman, die elke aflevering even binnenwipt.

'Jij ziet er anders ook belabberd uit,' zegt ze.

'Niet zo belabberd als jij. Je haar is een puinhoop.'

'Dat van jou ook. En je hebt iets vettigs op je hemd gemorst. Vleessaus of zoiets.'

'Jaaa. Dat komt omdat ik gehaast was.'

'En toch nog te laat binnenduiken.'

'Te laat waarvoor? Om mijn zoon in een coma te zien liggen? Ik kan de vluchtschema's niet veranderen. Ik ben zo snel gekomen als ik kon.'

Een familieruzie. Niet de eerste trouwens. Het ziet ernaar uit dat we de serie *De Dingwalls* halverwege het seizoen zullen moeten afvoeren. Ouders ... waar dienen die eigenlijk voor?

De arts en de verpleegster sluipen naar de deur. Ik wou dat ik ook weg kon.

'Luister, ik heb vijfduizend kilometer afgelegd om mijn zoon te zien. Ik zou het prettig vinden om een tijdje met hem door te brengen. Is dat te veel gevraagd?'

Mijn vader klinkt redelijk, met zijn zakelijke stem. Hij werkt in personeelszaken. Mijn moeder is maatschappelijk werkster: ze geeft advies aan jongeren met problemen. Ironisch, niet? Zoals dat oude spreekwoord, dat zegt dat de kinderen van de schoenmaker blootsvoets lopen, dat de kinderen van de bakker honger lijden en die van de kaarsenmaker in het donker zitten. Tegenwoordig zijn er geen kaarsenmakers meer, maar in plaats daarvan zijn er managers en coördinatoren en bestuurders en hun kinderen zijn niet te managen en ongecoördineerd en ze missen elke bijsturing. De enige naar wie ze nog luisteren, is Marilyn Manson.

'Waarom vragen we het hem niet zelf?' zegt mijn moeder.

'Ja, laten we het aan Alan vragen. Laten we hem vragen of hij een paar minuten wil doorbrengen met zijn ouwe knar, die helemaal van de andere kant van het continent komt gevlogen om even bij hem te zijn. Laten we eens kijken of een jongen van twaalf meer gevoel heeft dan zijn negenendertigjarige moeder.'

'Hij is dertien. Weet je zelfs niet eens hoe oud je zoon is?!'

'Wacht eens. Dan moet jij nu veertig zijn. Tenzij je weer een verjaardag overgeslagen hebt. Jij was drie jaar na elkaar negenentwintig, als ik me niet vergis.'

'Ik was aan het wachten tot je een verjaardagscadeau voor me kocht. Het heeft drie jaar geduurd voor het tot je doordrong.'

Enzovoort. Maar dan heb ik me al neergevlijd in de kussens, met mijn ogen dicht. Misschien laten ze me alleen als ik doe alsof ik slaap.

Mijn vader maakt me wakker. Er is niemand anders in de kamer. Het is later, zoveel is zeker. Hij probeert vriendelijk te zijn en buigt over me heen, zijn gezicht helemaal verfrommeld.

'Alan,' zegt hij terwijl hij aan mijn schouder schudt. 'Alan.'

Hij ziet eruit alsof hij evenveel pijn heeft als ik.

'Hoe laat is het?' vraag ik.

'Iets over vieren.' Het klinkt een tikkeltje verontschuldigend. 'Ik wilde je niet wakker maken, maar ze drongen erop aan. Ze zijn nog altijd een beetje bezorgd over jou.'

Ik zeg niets.

'Nee, val niet weer in slaap. Je mag niet meteen opnieuw in slaap vallen. Ga overeind zitten en praat een paar minuutjes.'

Hij helpt me overeind tegen de kussens. Mijn hoofd doet pijn.

'Waar is mama?' vraag ik.

'Ze is naar huis gegaan. Tegen de ochtend komt ze terug.'

Cobourg is niet zo ver van Toronto. Ongeveer een uur met de auto of de trein … nauwelijks een kwartiertje als je met de helikopter komt, zoals ik gisteren. Van het ziekenhuis in Cobourg naar het Kinderziekenhuis in Toronto. Wedden dat het een fantastische vlucht was? Alleen jammer dat ik bewuste-loos was.

Mijn vader loopt naar het raam en tuurt de donkere nacht in. Precies zoals mijn moeder deed. Het moet een geweldig uit-zicht zijn, vanuit mijn kamer. Zodra ik kan opstaan, moet ik daar ook eens een kijkje gaan nemen.

'Alan, wat ik wilde zeggen … Sorry voor dat domme ge-kibbel toen ik binnenkwam. Je moeder en ik … we … tja …'

'Ja,' zeg ik.

'Ik weet niet waarom,' zegt hij, 'maar elke keer als we samen zijn, doen we als …'

'Verwende kwajongens,' zeg ik slaperig.

Hij draait zich om en lacht. 'Ja, zoiets.'

Mijn vader heeft dezelfde kleuren als ik, een bleke huid en glanzend rood haar. Nu bloost hij. Onze blos is onverwacht en spectaculair, als een zonsondergang in de tropen.

'Ik ga eens kijken of ik ergens een kop koffie kan vinden,' zegt hij. 'Zal ik voor jou fruitsap meebrengen, of iets anders fris?'

'Graag,' zeg ik. Ik nestel me opnieuw in de kussens.

'Niet in slaap vallen, hè! Je moet om het uur vijf minuut-jes wakker blijven.'

Dan gaat hij weg.

Er staat nog een bed aan de andere kant van de kamer, maar dat is leeg. Ik ben heel alleen. Ik luister of ik de verpleegsters niet hoor, de dokters, de mensen van de schoonmaakploeg die van die karretjes voor zich uit duwen. Die karretjes moeten volgens een of andere ziekenhuiswet altijd één piepend wieltje hebben. Niets. Stilte. Ik geeuw nog een keer.

Ik moet denken aan mijn vader in zijn kantoor in Vancouver. En dan plotseling dat telefoontje, scherp en dramatisch. Zijn zoon ligt in het ziekenhuis, in een coma. Halsoverkop vertrekt hij. Hij is bezorgd, want hij geeft om zijn zoon. Hij houdt van zijn zoon. Toch?

Ik zucht. En dan hoor ik een vertrouwde piepstem.

'Zo, Alan, dit is het dan, denk ik.'

Het is Norbert.

Er is iets met mijn neus

'Hallo,' zeg ik. 'Lang geleden dat ik nog iets van je gehoord heb.'
'Ik had het druk.'
'Ik dacht dat jij ook in een coma lag. Wist je dat ik buiten bewustzijn geweest ben?'
'Nee, echt?! Ik zat in de garage.'
'Wat is er eigenlijk gebeurd? Hoe ben ik bewusteloos geraakt?'
'Hoe moet ik dat weten? Ik ben geen dokter.'
'Je was er toch? Of niet?'
Ik kan maar beter wat uitleg geven. Mijn neus heet Norbert. Of nee, Norbert woont in mijn neus. Hij komt van de planeet Jupiter, maar de laatste tijd woont hij bij mij.
Ik weet wat je nu denkt. Er zijn dagen dat ik ook denk dat ik gek ben. Arme Alan, geen wonder dat de dokters hem blijven vragen hoe oud hij is. Maar andere mensen kunnen Norbert ook horen. Angela, de verpleegster, is vanavond de kamer binnengekomen met een grappige uitdrukking op haar gezicht. Ze vroeg me tegen wie ik aan het praten was.
'Je moeder zit wat verderop in de gang, in het kantoortje van de verpleegsters,' zei ze. 'Er is toch niemand anders in de kamer?'
'Nee, niemand,' zei ik.
'Ik stond buiten voor je deur en toen hoorde ik plotseling

dat piepstemmetje. Was je in jezelf aan het praten, Alan? Het klonk helemaal anders dan jouw stem.'

Ik glimlachte.

'Voel je je goed?' vroeg ze.

Norbert landde op een middag in september, terwijl ik het gras maaide. Een onverwachte, ongenode gast. Hij laadde zijn boeltje uit en sindsdien is hij altijd bij me gebleven. In mijn neus. Toen hij er zijn intrek nam, zei hij: 'Het is hier ruim. Er is een achterkamer, een keuken, een badkamer en zelfs een garage.'

Ik begrijp het nog altijd niet helemaal. Mijn neus rimpelt zoals gewoonlijk en als ik hem snuit, ziet het snot op mijn zakdoek er heel normaal uit.

'Waarvoor heb jij een garage nodig?' vroeg ik aan Norbert.

'Voor mijn ruimteschip! Hoe ben ik anders hiernaartoe gekomen, denk je?'

Mijn vader komt terug met een verpleegster. Hij heeft koffie voor zichzelf meegebracht en een blikje gemberbier voor mij. De verpleegster voelt me de pols en neemt mijn temperatuur op. Daarna gaat ze de kamer weer uit. Mijn vader valt in slaap in de stoel als zijn kopje koffie zowat halfleeg is. Het is heel rustig in de kamer.

Ik vraag Norbert wat hij aan het doen was in de garage.

'Ik ben bijna klaar,' zegt hij.

'Bijna klaar waarmee?' vraag ik verrast. Ik vraag me af of alles daarbinnen wel in orde is. Hij heeft zich ontzaglijk koest gehouden sinds ik bijgekomen ben. Het is me nauwelijks gelukt om een woord uit hem los te peuteren. Ik probeer weer te denken, en dat doet pijn in mijn hoofd.

Herinneringen. Een van de artsen vertelde me dat ik me geen zorgen hoef te maken, dat mijn kortetermijngeheugen terugkomt als ik het maar een beetje rustig aan doe en mezelf tijd gun. Maar het ergert me dat ik me niet kan herinneren wat er met mij gebeurd is aan de rivier.

'Hoe ben ik erin gevallen, Norbert?' vraag ik.

Hij antwoordt niet.

'Was Miranda bij me? Heeft zij me gered?'

Hij antwoordt niet. Ik ben moe. En dan val ik weer in slaap.

Als de verpleegster me wekt, is het ochtend. De thermometers en de bloeddrukmeters zijn overal naarstig aan het werk en aan alle karretjes piepen wieltjes. De verpleegster verschoont mijn verband, neemt mijn temperatuur op, meet mijn bloeddruk en vraagt of ik een ontbijt wil. Natuurlijk wil ik dat. Ik heb niks meer gegeten sinds gisteren. Als je dat zakje met dat heldere spul in mijn arm tenminste niet meerekent, maar dat smaakt eigenlijk nergens naar.

Mijn vader schrikt wakker. Als hij me ziet, glimlacht hij en hij rekt zich uit, maar hij stopt met lachen als mijn moeder de kamer binnenkomt. Ze ziet eruit alsof ze ook in een luie stoel geslapen heeft, maar ze heeft zich wel omgekleed en een beetje opgemaakt. Mijn ouders zeggen niets tegen elkaar.

'Zal ik je even op de wc helpen?' vraagt de nieuwe verpleegster me. Alsof ik een baby ben! Maar als ik wil gaan zitten – niet eens op mijn voeten staan, maar gewoon voor de eerste keer weer rechtop in bed zitten – draaien mijn ogen rond. Mijn hoofd maakt een ingewikkelde skatesprong, een driedubbele salto of zo, en ik val achterover in de kussens.

'O, jij arm ding,' zegt mijn moeder.

Ja, goed, ik wil wel hulp. En daar schaam ik me niet eens voor. Tot de verpleegster in het ondersteekbekken loert en zegt: 'Goed zo.' Dan verschijnt er een schitterende, neonrode blos op mijn wangen en ik probeer helemaal weg te kruipen onder de lakens.

De dokter is tevreden over me.

'Weet je, Alan, ik denk echt dat er niets mis is met jou. Zonder die MR zou ik je nu naar huis laten gaan.'

'MR?' zegt mijn vader.

'Weet je niet wat een MR is?' vraagt mijn moeder.

Ik herinner het me. Ik heb een MR gehad vannacht, toen ik bijkwam. Het is een beetje eng, zo'n MR. Ze gespen je vast op een draagbaar en schuiven je in die grote rioolbuis. En dan neemt de machine foto's van alle zogenaamde 'zachte weefsels'. Het klinkt een beetje als het achterwerk van mijn vriend Victor. Of zijn hoofd. Zo'n MR ziet dingen die röntgenstralen niet kunnen zien. Ze waren bijna de hele tijd bezig met mijn hoofd en mijn nek, en ze controleerden vooral mijn hersenfuncties. Ik vroeg of ze iets vonden, maar ze antwoordden niet.

De dokter legt het allemaal uit aan mijn vader.

Die vraagt: 'Wat is er dan mis met de MR van Alan?'

De dokter houdt de foto tegen de grote lamp naast mijn bed.

'Kijk hier,' zegt ze. Ik draai mijn hoofd. Mijn vader fronst de wenkbrauwen.

'Wat is dat?' vraagt hij.

Goeie vraag. Het lijkt wel een satellietfoto van het wolkendek.

'Dit,' zegt de dokter, 'is Alans nasofarynx en dat zijn de sinusholten, de ruimte achter zijn neus.'

'En daar is iets mis mee …?' zegt mijn vader.

'Wel, laten we zeggen, iets speciaals,' antwoordt de dokter.

Ik voel een niesbui opkomen.

'Iets groots, een of andere vreemde vorm, moet in de weg van de scanner gezeten hebben,' gaat de dokter verder. 'Er zijn een paar van die afbeeldingen, wat het ook is. De technicus zegt dat ze nog nooit iets dergelijks heeft gezien.'

'Wat zou het kunnen zijn?' vraagt mijn moeder.

'Wel, ik ben geen expert. Waarschijnlijk een foutje in de machine. Maar het lijkt bijna op …'

'Wat?' Mijn vader klinkt bezorgd.

'Wel, een ruimteschip. Daar, zie je?' De dokter lacht. Mijn ouders lachen ook allebei. Ik nies. De dokter wil me nog even in observatie houden. Als ik vooruit blijf gaan, mag ik vanmiddag naar huis.

'En hoe zit het nu met zijn neus?' vraagt mijn moeder.

'Ik kan niets abnormaals vinden. Hij heeft geen koorts. Er is geen infectie. Hij ziet eruit als een normale postcoma-patiënt. Ik ga geen kijkoperatie uitvoeren op iemand die goed aan het herstellen is.'

'Operatie?' zeg ik. 'Aan Nor… Aan mijn neus?'

Norbert piept zelfs niet. Misschien is hij flauwgevallen.

De dokter komt dichterbij en neemt mijn hand.

'Nee,' zegt ze. 'Geen operatie. Ik wil dat je nog een paar uurtjes rust. Praat wat met je ouders, kijk televisie, maak misschien een wandelingetje. En als je eraan toe bent, probeer je dan te herinneren wat er gisteren gebeurd is.'

'Dat heb ik al geprobeerd. Ik kan me zelfs niet herinneren dat ik van school naar huis gegaan ben. Niet echt.'

Mijn moeder geeft me een klopje op mijn hand. 'O, jij arm ding,' zegt ze.

De dokter loopt naar de andere kant van mijn bed.

'Hou je van legpuzzels, Alan?' vraagt ze.

Ik haal de schouders op. Niet echt. Mijn moeder en ik maakten vroeger vaak een puzzel. Zij is een van die mensen die meteen zien of een stukje past. Terwijl ik druk bezig was een stukje lucht in te passen in een bloembed, of in de windmolen, of in de kasteelgracht. Trouwens, wat heb je eraan, aan zo'n legpuzzel? Wat doe je ermee als hij af is? Bewonderen als een schilderij? Ermee spelen? Gebruiken? Nee, je legt hem gewoon opzij.

'Weet je, gisteren is een beetje als een legpuzzel met nog een paar gaten erin,' zegt de dokter. 'Een paar stukjes ontbreken. Begrijp je?'

Ik knik.

'Beschouw gisteren als een puzzel. Begin met wat je je wel nog kunt herinneren. Begin bij de rand en werk hem af naar binnen toe. Rangschik je herinneringen als puzzelstukjes. Leg ze een voor een bij elkaar. Dan krijg je algauw een beeld dat je herkent.'

'En als het niet lukt?' vraag ik. 'Wat als ik probeer en probeer en ze niet bij elkaar krijg? Wat moet ik doen als stukjes van gisteren kwijt zijn?'

Ik moet angstig geklonken hebben, want ze glimlacht geruststellend.

'Dat zal niet. Maak je maar geen zorgen. Ze komen later

waarschijnlijk vanzelf terug.' Waarschijnlijk.

'Waar moet ik beginnen? Bij gisterenochtend?' vraag ik.

'Waar je maar wilt,' zegt de dokter.

Een karretje piept zich een weg door de kamer. Stapels plastic dienbladen.

'Ontbijt voor Dingman,' zegt de knul die het karretje duwt. Ik zeg hem mijn echte naam. Hij schokschoudert. Op zijn hoofd draagt hij een slap douchekapje. Zodat hij mijn eten en drinken niet kan bezoedelen. Om eerlijk te zijn, het is alleen maar drinken. Mijn ontbijt bestaat uit een blubberende gele milkshake. De dokter trekt een lelijk gezicht als ze het in de gaten krijgt.

'Dat ziet er gewoon walgelijk uit,' zegt ze. 'Om van de smaak nog maar te zwijgen! Sorry, kun je voor deze jongen geen broodje of zo gaan halen? En als middagmaal zou hij ook graag een beetje echt eten willen. Zo is het toch, hè, Alan?' Ik zeg ja.

De jongen met het douchekapje fronst de wenkbrauwen.

'Maar dokter, ik geef gewoon wat op mijn papieren staat,' zegt hij.

'Verander dat dan,' zegt ze hem.

'U wilt dat ik al die formulieren doorzoek, alleen om Dingmans eten te veranderen?'

'Dat klopt.'

De verpleeghulp zucht diep.

'Dingwall,' zegt mijn vader. 'Niet Dingman.'

De verpleeghulp zucht nog een keer.

'O, jij arm ding,' zegt mijn moeder.

Een uur later zijn mijn ouders aan het snurken. Het dienblad met mijn ontbijt is weggehaald, helemaal leeg, en ik ben naar de wc gegaan, dus ik ben ook leeg. Ik ben alleen gegaan, wat lang niet zo makkelijk was als ik gedacht had. Geen kwestie van rechttoe rechtaan, als je begrijpt wat ik bedoel. Maar ik voel me goed nu, wat een hele stap vooruit is in vergelijking met vannacht. Ik ben aan het nadenken over het voorstel van de dokter. Ik vraag me wel af waar ik moet beginnen.

Ik kan me voorstellen hoe Miranda naar me lacht. Dat is makkelijk. En de voetbalwedstrijd. En de bijeenkomst op school. En het gevecht in de toiletten daarna. Maar vanaf dat punt begint alles wazig te worden.

'Ik liep door King Street, op weg naar huis,' mompel ik in mezelf. 'Een grijze middag. Gisteren? Was dat gisteren? Victor durfde niet met me mee te komen, dus ik was helemaal alleen.'

'Ik denk dat je beter kunt beginnen op de dag dat ik arriveerde.'

'O, dag Norbert. Ik dacht dat je sliep. Was je aan het luisteren?'

'Herinner je je die dag nog? In de achtertuin?'

'Hoe zou ik die kunnen vergeten? Maar dat is al weken geleden! Ik ga niet zo ver terug, hoor.'

'Waarom niet? Heb ik je leven niet veranderd misschien? Je verveelde je, je was bang, eenzaam. Een echte loser.'

'Dank je wel,' zeg ik.

'En toen kwam ik. Denk daar eens aan. De komst van Norbert.'

'Ssst,' fluister ik. 'Ik wil mijn ouders niet wakker maken.'

'Wie sloeg de bullebakken in elkaar? Wie stelde je voor aan Miranda? Wie maakte het winnende doelpunt tegen de Poema's?'

'Jij niet!'

'Toch wel!'

'Ssst,' fluister ik opnieuw.

'Denk er eens goed over na. De komst van Norbert was de belangrijkste dag van je leven. Of niet soms?!'

'Ssst!'

Stel je voor, ruziën met je neus ...

De komst van Norbert

De bel rinkelde en trok zo een streep tussen stilte en lawaai. Voor de bel ging, was de klas opvallend rustig. Iedereen hing over zijn bank, geconcentreerd bezig. Na de bel brak de hel los.

Vrijdagmiddag. Tijd om je verkrampte spieren uit te rekken, tijd om alle zorgen van de week aan de kant te schuiven en twee dagen lang nergens aan te denken. Maar waarom was ik dan zo knorrig? Je zou haast denken dat ik liever op school bleef.

'Ga je mee naar huis?' riep Victor vanaf zijn bank voor mij. 'Zalig weer buiten. We hoeven zelfs geen jas aan te doen.' Hij had een glimlach op zijn gezicht. Victor was graag thuis.

Misschien was het dat. Ik keek er niet bepaald naar uit om naar huis te gaan. Voor een deel omdat het zo ellendig stil was thuis: ik moederziel alleen met het stof onder de televisiekast tot mijn moeder tegen zessen thuiskwam van haar werk. Ik knikte naar Vic. Natuurlijk liep ik mee met hem naar huis.

Miranda keek naar me. Ze is een van de leukste meisjes van de klas en veruit de beste atlete. Verstandig ook, en mooi. Ze ziet eruit alsof ze een heleboel vezels eet en zich elke morgen opdrukt. Ik begrijp absoluut niet wat ze in mij ziet. Ik, die ouwe, saaie Alan Dingwall, die altijd chips knabbelt en geen benul heeft – en dan bedoel ik echt geen flauw benul – van wat er precies gebeurt in de wiskundeles. Meneer Duschene

27

kon net zo goed een vreemde taal praten. Sanskriet, bijvoorbeeld. Ik probeerde te glimlachen naar Miranda, maar toen was ze al weg.

Victor had gelijk, het was een mooie middag. Een late septemberzon scheen fel en warm. Het leek wel zomer, alleen was het op een of andere manier kostbaarder dan de zomer, omdat je wist dat het niet zou blijven duren. Kostbaarder en triester. We bonden onze jas om ons middel.

De bullebakken van 7L lummelden rond bij de zuidelijke schoolpoort, dus gingen we door de noordelijke naar buiten. De Poema's – zo noemen ze zichzelf – zijn een stel kinderen van mijn leeftijd die toevallig wat groter en gemener zijn dan ik. Alleen Prudence is kleiner.

Er zijn twee poorten op ons schoolplein. Elke middag hangen de Poema's rond bij een van de twee. Nu eens de noordelijke, dan weer de zuidelijke poort. En iedereen gaat altijd door de andere poort naar buiten. Die dag liepen we dus allemaal naar de noordelijke schoolpoort. Dat betekende wel een langere wandeling naar huis, door de Elginstraat, maar dat trok ik me niet aan.

Nee, dat is niet waar. Ik trok het me wel aan. Heel erg zelfs.

Het stoorde me dat ik niet zelf kon kiezen welke weg naar huis ik nam. Ik vond het erg dat ik moest doen wat de bullebakken wilden. En ik vond het erg dat ik niet meetelde. De bullebakken deden het niet om mij of mijn vriend Victor Grunewald te terroriseren. Of een van de andere kinderen die naar huis gingen. Het was niet persoonlijk bedoeld, het ging om ons allemaal. Niemand van ons deed er eigenlijk toe.

Ik vond het irritant dat ik niet in staat was om er iets aan te doen. Wat kon ik vertellen aan mijn lerares, mevrouw Scathely? Of aan de directeur? De bullebakken bedreigden ons niet, ze sloegen ons niet in elkaar, ze namen ons geld voor een drankje niet af. Ze deden niemand van ons pijn. Maar ze *konden* het wel doen. Daar waren ze gemeen genoeg voor.

Vorig jaar was Gary, een van de Poema's, gestruikeld over een jongen die Cecil heette, en hij was in de modder gevallen. Een ongelukje. Cecil had zich verontschuldigd en zo, maar Gary's broek was helemaal vuil geworden. De week daarop kwam Cecil naar school in een korte broek. Toen we vroegen waarom, begon hij te huilen. Toen bleek dat al zijn broeken vuil waren. De bullebakken hadden alle broeken van Cecil van de drooglijn in zijn tuin geplukt, ze in zwarte verf gedompeld en ze teruggehangen.

Voor mij was het akeligste stuk van het verhaal dat de bullebakken Cecil stilletjes gevolgd waren tot aan zijn huis. Ik zou het vreselijk vinden als de Poema's rondhangen in de buurt waar ik woon.

Cecil en zijn familie zijn die zomer verhuisd. Ik denk niet dat de verfbroeken er iets mee te maken hadden, maar je weet nooit.

Vorige week liep een nieuwe op school rakelings voorbij de bullebakken. Het was haar eerste dag en ze wist niet wat ze deed. We hielden haar nauwlettend in de gaten. Iedereen van ons stond daar in het midden van het schoolplein te kijken naar dat kind van buiten de stad – eentje van de zesde klas, niet groot en niet klein, een heel gewoon meisje – dat door de schoolpoort liep, rakelings voorbij de Poema's. Ze lieten haar gaan. Ze keken haar zelfs niet aan. Ze keken naar *ons*. Ze liep door de straat, helemaal alleen. *En niemand van ons volgde haar.* We draaiden ons allemaal om en liepen door de andere poort naar buiten. Ze dacht misschien dat we ons te goed voelden voor haar, maar dat was het natuurlijk niet. We waren gewoon bang.

De volgende dag wist het arme kind wel beter. Iemand van haar klas had haar op de hoogte gebracht. Vanaf toen liep ze door dezelfde schoolpoort als de rest.

Het is niet goed dat we ons als makke schaapjes laten leiden, dat we eerst uitkijken waar de Poema's rondhangen en dan in een grote zwerm de andere kant op lopen. Nog een reden waarom ik het haat om naar huis te gaan.

Miranda lijkt niet bang van de Poema's. Ze gaat gewoon met de bus naar huis.

Ik staarde naar de overkant van het zonnige schoolplein, waar de Poema's zaten: Larry en Barry, Gary en Grote Mary. En Prudence. Alle anderen zwenkten weg van hen, zetten langzaam maar zeker koers naar de andere kant van het plein.

Larry en Barry zijn geen typische bullebakken. Ze zijn groot en stom, en lachen je uit als je moet braken, bijvoorbeeld, dat wel. In een normale klas zouden ze waarschijnlijk zelf voor uilskuiken uitgemaakt worden. Maar in een klas met echte bullebakken, in een klas als die van Gary, zeg maar, of Mary, die lacht als iemand zich pijn doet, gedragen ze zich ook als bullebakken. En natuurlijk heeft iedereen van de klas het meest respect voor Prudence. Zij lacht namelijk nooit.

Mary is ruw, een mammoettanker op het schoolplein. Ze vaart op een zee van snot en smerige woorden. En gas. Ik benijd absoluut niet wie achter haar in de klas zit. Prudence is een vreemd geval. Op het eerste gezicht zou je niet denken dat ze op hetzelfde schoolplein thuishoort als Mary. Ze ziet er niet bepaald aardig uit, omdat ze inderdaad nooit lacht. Maar ze zou er leuk kunnen uitzien. Ze is klein en slank, met een knap snoetje, vind ik. Ze loopt er ook netjes bij, haar haar in een lint, mooie kleren. Als ze spuwt, morst ze niet op zichzelf. Maar wat ze ook doet, ze is onbuigzaam. Vanbinnen en vanbuiten. Als je haar ook maar iets verkeerd doet, neemt ze wraak. En ze gaat daarbij tot het uiterste, al zou ze er zelf het hachje bij inschieten. Als je haar neersloeg en helemaal naar de andere kant van de wereld vluchtte, dan nog zou je nooit meer rust kennen. Op een dag, daar kon je gif op innemen, zou Prudence je vinden en je tot moes slaan. En dan nog boven op je staan dansen.

Ze is ook beresterk. Eén keer zag ik haar in de pauze een blik boontjes fijnknijpen tot het barstte. Een of andere weddenschap met Gary. We stonden met een hele groep toe te kijken. Het metaal van het blikje sneed in haar hand. Ze bloedde, maar ze bleef knijpen. En de uitdrukking op haar gezicht veranderde niet tot de boontjes er aan de andere kant van het blikje uit barstten. Toen knikte ze naar Gary en wandelde weg, terwijl het bloed van haar vingers druppelde.

'Het zou toch geweldig zijn als we ons niets hoefden aan te trekken van de Poema's,' zei ik tegen Victor terwijl we over de brug in de Elginstraat liepen. We leunden over de reling. Het water stond hoog. Victor veegde zijn neus schoon.

'Ik trek me niets aan van de bullebakken,' zei hij.

'We zijn wel een omweg naar huis aan het maken, speciaal voor hen,' zei ik.

'Ja, goed, maar ik trek het me toch niet aan!'

'Dat is niet waar!' Ik schreeuwde bijna. 'Zie je dat dan niet? Ze kunnen dat toch niet zomaar doen? We zouden in opstand moeten komen. Ik wou dat ik niet zo'n ... zo'n ...'

'Lafaard?' suggereerde Victor. Mijn vriend.

'Dank je wel, Vic,' zei ik met een diepe zucht. Maar hij had gelijk.

'Je wilt gewoon niet dat ze je tot moes slaan,' zei hij. 'Daar is niks lafs aan. Je bent Superman niet, je bent een doodgewone jongen.'

'Dan heb ik hulp nodig. We hebben hulp nodig. Waar kunnen we die vinden?'

Victor staarde me aan. Toen wees hij omhoog.

'Kijk,' zei hij. 'Daar boven in de lucht. Is het een vogel? Is het een vliegtuig?'

Die Victor toch! Wat een dolle pret! Ik gaf hem een klein duwtje.

'Auw, dat doet pijn!'

'Sorry.'

'Hij wreef over zijn arm. 'Dat was een fikse por. Eigenlijk heb jij geen hulp nodig, Alan. Je bent zelf sterk genoeg.'

Ik lachte. 'Serieus, zou jij geen twee meter willen zijn?' zei ik. 'Dan hoefde je niet meer bang te zijn van de bullebakken.'

Victor haalde de schouders op. 'Als ik twee meter was, dan verdiende ik miljoenen dollars per jaar met basketbal. Dan trok ik me nergens meer wat van aan.'

Ik zuchtte. Ik vraag me soms af of Victor de meest gevoelige jongen is die ik ken, of de grootste botterik.

We sloegen af naar de halvemaanvormige rij huizen waar we allebei woonden. Ik zag Victors moeder in de tuin. Ik begon te wuiven, maar hield abrupt op. Victor wuifde niet, waarom zou ik dan? Ze was per slot van rekening mijn moeder niet.

'Wat ga je doen als je thuis bent?' vroeg hij me.

'Ik weet het niet,' zei ik. Ik was een beetje nijdig op mezelf. Ik wilde niet naar de televisie kijken of op de computer spelen. Dat zou te makkelijk zijn. Ik wilde mezelf straffen omdat ik de bullebakken zo liet begaan ... en omdat ik niemand had die op me wachtte thuis. Stom, dacht ik, maar zo voelde ik me nu eenmaal.

'Ik denk dat ik het gras maar eens ga maaien,' zei ik ferm.

Victor staarde me aan. Hij weet dat ik een hekel heb aan gras maaien.

'Nee, echt,' zei hij. 'Wat ga je doen?'

De herdershond leek geen baasje te hebben. Hij drentelde rond, hijgde en keek naar me.

'Weg!' Ik schreeuwde boven het geraas van de grasmaaier uit. Het beest trippelde een paar passen verder en plaste toen tegen een van onze rododendrons. Ik liep terug naar de grasmaaier. Ik had het gras twee of drie weken na elkaar niet gemaaid, dus het was een taaie klus. De motor moest uit, dan kon ik de lange grashalmen van de schroefbladen halen. Ik zat net te bedenken dat een glas koude limonade nu goed zou smaken, toen ik een laag zoemgeluid hoorde, vlak naast mijn oor, zo dichtbij dat ik het bijna evenveel voelde als hoorde. Je kent dat geluid wel. Er was een bij vlak bij me. Als je het zo goed kunt horen, is ze eigenlijk te dichtbij om nog gezond te zijn. Ik draaide me vliegensvlug om en ving nog net een glimp op van iets dat vlak voor mijn gezicht zweefde: een zwart-met-gele vlek in de vorm van een kogel. Ik gilde en sprong achteruit. Het gezoem achtervolgde me. Ik begon te rennen en sprong over de hond. Dom beest, misschien dacht hij dat ik een spelletje met hem wilde spelen. Ik struikelde en we vielen samen op de grond. Hoe het met de hond ging, weet ik niet, maar op een of andere manier werd de lucht uit mijn longen geslagen. Eén minuut lang of zo kon ik gewoon niet meer ademen. Opgerold als een bal lag ik op de grond. Uiteindelijk lukte het me toch één lange, martelende teug lucht naar binnen te zuigen.

'Adem langzaam,' zeggen ze. 'In door de neus, uit door de mond.'

Ik hoorde de bij opnieuw, zwakjes nu, maar het kon me niet meer schelen. Het deed te veel pijn. Ik deed mijn ogen dicht. 'In door de neus ...' Het volgende dat ik me kan herinneren, was een plotse, scherpe pijnscheut.

In mijn neus.

Ik weet niet of je dat verhaal kent van die bij die in de neus van een jongen vloog, dieper en dieper, krioelend en zoemend, recht naar zijn hersens. Daar stak ze hem en toen ging de jongen dood. Dus toen ik die pijn in mijn neus voelde, moest ik aan dat verhaal denken en raakte ik in paniek.

Ik snoot mijn neus zo hard ik kon, terwijl ik mijn andere neusvleugel dichtkneep om de lucht uit mijn geblokkeerde neusgat te krijgen. Geen papieren zakdoekjes in de buurt, maar dit was niet het moment om me zorgen te maken over manieren. Na een minuutje hield ik ermee op. Het was een beetje smerig, maar dat kon me niet schelen. Was de bij weg? Ik kon het niet zien. Of horen. Misschien was ze weggevlogen op zoek naar bloemen. Misschien ook niet. Ik snoot nog een keer.

Mijn neus deed geen pijn meer.

Ik wist niet of ik me zorgen moest maken of niet. Ik was er vrij zeker van dat iets mijn neus binnengevlogen was, en tegelijk ook zo goed als zeker dat ik het niet uitgeblazen had ... Maar mijn neus deed geen pijn meer. Helemaal niet.

Ik dacht dat ik het toch zou moeten voelen als er een bij in mij zat.

De hond was intussen een paar passen verderop gaan zitten en keek met zijn kop schuin naar me alsof ik een of ander circusnummer opvoerde. Stomme hond.

Ik begon te niezen. Ik niesde en niesde en niesde. Na een tijdje, zo'n nies of twintig later, viel ik uiteindelijk stil. Ik kon niets voelen zitten. Ik snoof een paar keer, proefondervinde-lijk. Nog altijd niks.

Ook goed. Dan had ik het verjaagd, wat het ook was. Ik liep terug naar de grasmaaier.

Toen hoorde ik plotseling een stem.

'Hier zijn we dan,' zei het.

Ik keek over mijn schouder om te zien wie daar iets zei, maar op een of andere manier wist ik dat er niemand was. De knarsende stem kwam van ergens binnen in mij. Uit mijn neus.

'Ah, dat is leuk. Zeg, je hebt hier wel veel plaats, moet ik zeggen.'

'Hallo,' zei ik. 'Wie ben jij?'

'Woonkamer, slaapkamer, keuken, achterkamertje. En een garage, natuurlijk. Mooi, mooi, inderdaad. Ik denk dat ik hier gelukkig zal zijn.'

'Waar heb je het over?' vroeg ik.

'Als je kon zien hoe ik op Jupiter gewoond heb … Dit is pure luxe! Net zoals de reclamespotjes die jullie, mensen, uitzenden. Dit is het echte leven. Wauw!'

'Heb je het over mijn neus?' vroeg ik.

'En dat vraag jij aan mij? Geen idee, ik ben hier vreemd.'

Een hoge piepstem uit mijn neus. Plotseling loeide de paniek door me heen. Ik wilde niet dat er een *alien* in mijn neus kwam wonen. Ik moest hem er weer uit zien te krijgen. Ik maakte een vuist en gaf mezelf een mokerslag, pal op mijn neus. Auw! Ik hield mijn adem in en blies zo hard ik kon weer uit. Eerst het ene neusgat, daarna het andere. Ik raasde en bromde en rende door de tuin, terwijl ik hevig met mijn hoofd schudde. Ik leek wel een paard dat op stang gejaagd wordt door een horzel. De hond dacht dat het een spelletje was. Hij zat me de hele tuin door achterna, blaffend en tegen me opspringend.

Ik bleef staan en hapte naar adem. De hond hijgde ook. We staarden elkaar aan. Stilte. Zou het geholpen hebben? Ik voelde niets meer vanbinnen.

'Hallo?' zei ik weifelend. Ik durfde niet te hopen.

'Ffft. Wat is het hier heet, zeg! Of ligt het aan mij? Ik hoop dat je airconditioning hebt. Op de vorige plek waar ik woonde, hadden ze alleen maar van die kleine ventilatortjes en ik kan je zeggen ...'

Dat deed de deur dicht! Ik ging zitten en begon te huilen. De hond blafte in mijn gezicht. Ik probeerde hem weg te jagen, maar hij verroerde zich niet. Ik huilde als nooit tevoren.

'Hé, stop daarmee, grote vent! Je bent me aan het verzuipen. Het stroomt hier al door de achterkamer.'

Verbaasd hield ik op. Nog nooit had iemand 'grote vent' tegen me gezegd.

'Dat lijkt er al meer op!' De piepende stem klonk bemoedigend, voor hij weer onverzettelijk werd. 'En jij, Lassie, ga naar huis. Ja, jij, ga gauw terug naar je baasje. Ga een stok zoeken. Of ga iemand uit het water halen voor hij verdrinkt. Oké, beestje? Doe me een plezier. Vort!'

Ik moest lachen. Het was wel grappig om de hond te zien kijken. Na een paar seconden schudde hij met zijn kop en trippelde weg.

'Dat is al beter. Lachen is een goed teken. Misschien heb je niet zoveel hulp nodig als je denkt, big boy.'

'Hulp?' zei ik.

'Ja. Je vroeg toch hulp?'

Ik antwoordde niet.

'Wel, maak je maar geen zorgen. Ik loop even naar de keuken hier, een pan chocolademelk op het vuur zetten. Op Jupiter drinken we allemaal warme chocolademelk.'

Ik keek snel om me heen. Niemand van de buren was buiten, gelukkig maar! Ik zou niet willen dat iemand mij zo in mezelf zag praten.

'Doe niet zo afstandelijk. Ik probeer gewoon poolshoogte te nemen. Zeg, hoe heet je eigenlijk?'

Ik dacht niet dat ik gek werd. Je bent pas gek als je niet meer weet wat er gebeurt. Ik wist maar al te goed wat er gebeurde. Het sloeg alleen nergens op.

'Ik ben Alan,' zei ik en ik stak bijna mijn hand uit, toen ik besefte dat er niemand was om de hand te schudden.

'Ik ben Norbert.'

'En je komt van Jupiter,' zei ik. 'Dat is vreemd.'

'Wat is er vreemd? Jij komt van de aarde. Dat is pas gek. Een piepklein planeetje, en dan nog vooral water. Maar één ding kan ik je wel zeggen. Je bent een geweldige gastheer, Alan. Ik hou van deze plek.'

'Je praat over de binnenkant van mijn neus!'

'Nou en? Het moet hier misschien nog een beetje opgeknapt worden, maar er is best iets leuks van te maken. Je weet niet wat je allemaal in je hebt, Alan!'

Norbert nestelt zich

Ik stopte die middag met gras maaien. Ik had er geen zin meer in. Ik was met stomheid geslagen door wat er gebeurd was. En Norbert wilde me maar niet met rust laten.

'Wat ben je aan het doen?' bleef hij vragen. 'Wat is dat? Een fiets? Een brievenbus? Waarom doe je je schoenen uit op de mat? Is dat een trap? Is dat een gootsteen? Is dat een echte broodrooster?'

'Ja,' zei ik. 'Dat is een echte broodrooster.' En toen maakte ik een sneetje geroosterd brood klaar, om hem een plezier te doen. Hij was ontroerd.

'Ruikt heerlijk,' zei hij.

'En het smaakt nog beter.'

Ik moest het hem vragen.

'Norbert?' Ik was het nog niet gewend om in mezelf te praten. We stonden in de woonkamer. Boven de schoorsteenmantel hing een spiegel en ik zag mezelf bezig, een gek gezicht.

'Norbert,' zei ik, 'hoe komt het dat je mijn taal kent? Zeg me niet dat ze die spreken op Jupiter.'

'Je vergeet jullie signalen. Licht en geluid. Radio en televisiebeelden. Jullie zenden die al jaren uit en ik kan je verzekeren: op Jupiter duurt een jaar heel lang. Ik spreek een heleboel talen.'

'Wauw.'

Cobourg is een klein stadje. Wij kennen amper vreemde talen.

'Mijn lievelingszenders op aarde zijn die die country-muziek uitzenden. Ik vind k.d. lang geweldig. Jij?'

'Ze is niet slecht, geloof ik.'

'Op Jupiter zijn we allemaal gek op de muziek van k.d. lang.'

Etenstijd verloopt bij ons gewoonlijk nogal rustig. Alleen wij tweeën, mijn moeder en ik, en iets om op te warmen in de oven. Die avond was het pizza uit de supermarkt. Mijn moeder kauwde op de hare terwijl ze een paar verslagen voor haar werk las, en ik kauwde op de mijne en bladerde door een strip, toen ik plotseling een tinteling in mijn neus voelde.

'Wat is dat spul dat jij aan het eten bent?'

Ik wierp een snelle blik op mijn moeder. Had ze Norbert gehoord?

'Pizza,' fluisterde ik tegen hem.

'Ruikt dat altijd zo?'

'Wel, het is niet zo'n lekkere pizza. Maar hij ruikt wel normaal.'

Norbert bleef even stil. Ik ging verder met eten. Ik had nog niet besloten wat ik mijn moeder over hem zou vertellen. Ik wist dat ik iets zou moeten zeggen, maar ik wist niet precies wat. Ik hoopte zo'n beetje dat hij zijn mond zou houden als er andere mensen in de buurt waren. IJdele hoop, natuurlijk.

'Goeienavond, mevrouw,' zei Norbert.

Mijn moeder keek even naar me. Ik bloosde. Toen dook ze weer in haar rapporten.

'Aangename kennismaking! Ik ben Norbert.'

Mijn moeder reageerde niet.

'Wie is die zuurpruim?' vroeg Norbert.

Ik legde een hand over mijn mond en sprak zachtjes.

'Ssst,' fluisterde ik met volle mond. 'Dat is mijn moeder.'

'Je moeder? Oeps. Mijn innige deelneming.'

'Ja, schat?' Mijn moeder keek nog altijd niet op.

'Ze ziet eruit alsof ze lang geen plezier meer gehad heeft.'

'Ssst,' fluisterde ik.

'Sorry. Zei je iets, Alan?'

'Nee, mama,' zei ik zo oprecht mogelijk. Ze las verder in haar verslag en ik – of liever, Norbert eigenlijk – snoof luidruchtig. Ik snuif als ik moet niezen. Norberts gesnuif was een blijk van pure afkeer.

'Hela, dame, ik ben tegen jou aan het praten!'

O boy. Ze keek op met gefronste wenkbrauwen. Ik wist niet wat ik moest doen. Mijn gezicht kleurde vlammend – en dan bedoel ik ook echt vlammend – rood. De blos van de Dingwalls in volle bloei. Ik durf te wedden dat mijn blos precies dezelfde kleur had als de tomatensaus op mijn pizza.

'Zei je iets, zoon?'

'Hm, nee,' zei ik. 'Ik ben klaar met eten. Mag ik van tafel?'

Ze knikte bars. Ik rende de deur uit. Op mijn kamer ging ik even met Norbert zitten praten. Het leek weer alsof ik in mezelf bezig was. Leuk, hoor.

'Norbert, dat kun je niet maken, zo schreeuwen tegen mijn moeder. Dat is onbeleefd.'

'Onbeleefd? En zij dan?! Hare Koninklijke Majesteit! De

hogepriesteres met de geringste van haar onderdanen. Is het soms beleefd om je eigen zoon zo te negeren aan tafel?'

'Dat is niet eerlijk, Norbert. Ze praatte tegen me toen ze thuiskwam van haar werk.'

Ik voelde me idioot, terwijl ik dat zei. Mijn moeder is niet echt slecht, maar, nou ja, ik ben haar zoon en ze besteedt eigenlijk niet veel tijd aan me. Ik weet dat ze van me houdt en zo, maar toch … Ik bedoel, voor een deel kon ik wel akkoord gaan met wat Norbert zei.

'Goed. Ze vroeg hoe het vandaag op school geweest was. Daarna zei ze: "Prima." En toen schoof ze een diepvriespizza in de oven.'

'Ze werkt hard,' zei ik.

'O, is dat zo?'

'Natuurlijk. Het is niet makkelijk om je werk goed te doen en ondertussen ook nog een puber groot te brengen. En mijn vader is niet in de buurt om te helpen.'

Niet te geloven, ik verdedigde mijn moeder!

'Tja, het is jouw moeder, grote vent, niet de mijne. Iets anders nu, het eten. Ruikt dat altijd zo vies?'

'Meestal wel,' gaf ik toe. 'Soms eten we gehaktbrood. Dat maakt mijn moeder zelf klaar. Heel lekker.'

Een klop op de deur. 'Alan, mag ik even binnenkomen?'

Ik stond op. Ik weet niet waarom. Misschien omdat ik me schuldig voelde. Als je je schuldig voelt, sta je op. Ik gooide gauw wat schoolboeken op mijn bureau zodat het leek alsof ik mijn huiswerk aan het maken was. 'Kom maar binnen.'

'We hadden het net over jou.'

'Ssst, Norbert.'

Mijn moeder kwam binnen en staarde me aan. 'Alan, ben je verkouden?'

Ik hield mijn hand over mijn neus.

'Nee ... Ik weet het niet. Nu ik eraan denk, ja, misschien ben ik een beetje verkouden.' Ik deed alsof ik de keel schraapte.

'Je klonk zo raar aan tafel, vind ik. En toen hoorde ik je praten in jezelf terwijl je de trap op liep en ik dacht ... ik dacht dat je misschien ziek was.'

Ze kwam naar me toe en legde een beetje onhandig haar hand op mijn voorhoofd. Ze is nu een tikkeltje kleiner dan ik. Haar hand voelde koel en droog aan. Ze droeg nog altijd haar trouwring.

'Dat ruikt lekker,' zei Norbert.

Ik versteende. Mijn moeder zei niets. Ze hield even op met over mijn voorhoofd te wrijven en ging toen verder.

'Heel lief. Ik mis mijn moeder ook, weet je. Ze is ongeveer zeshonderd miljoen kilometer hiervandaan.'

'Kijk eens aan,' zei mijn moeder. 'Misschien kun je toch beter in bed kruipen.'

'Misschien wel,' zei ik.

Gekke mensen, moeders. De mijne wist van Norbert, maar ze deed alsof hij er niet was. Ze geloofde gewoon niet dat hij echt bestond. Ze noemde hem mijn ingebeelde vriend. Ik hoorde haar aan de telefoon met oma een paar dagen later.

'Ja, Alan heeft nu een ingebeeld vriendje,' zei ze lachend.

'Dat gaat wel weer over. Een heleboel jongens hebben dat. Volgens de boeken wijst dat op veel fantasie. Leuk, hè?'

Norbert snoof verachtelijk toen hij het hoorde. We liepen naar boven om mijn huiswerk voor wiskunde te maken. Als je bedenkt dat hij een ruimtetuig kan besturen, dan is het gek dat hij niet beter in wiskunde is dan ik. Ik vroeg hem ernaar.

'Dit is allemaal oude wiskunde. Op Jupiter gebruiken we een nieuw systeem.'

Het duurde niet lang of Norbert maakte gewoon deel uit van mijn leven. Gedeeltelijk omdat ik zijn gezelschap wel op prijs stelde, gedeeltelijk omdat ik gewoon geen andere keuze had ... Ik bedoel, ik kon hem toch niet vragen om weg te gaan? Tegen het eind van het weekend was ik hem bijna als een broer gaan beschouwen. Soms ouder dan ik, soms jonger, maar altijd met die grote mond van hem. Bleek dat hij ouder en jonger tegelijk was. Hij was drie Jupiterjaar oud, maar Jupiter heeft iets minder dan twaalf aardejaren nodig om zijn baan om de zon te maken. Dus was Norbert drie of bijna zesendertig ... Soms was het moeilijk te zeggen welk van de twee.

'Waarom heb je mijn neus uitgekozen als landingsplaats?' vroeg ik.

'Wel, het was de jouwe of die van de hond.'

Ik was de hond totaal vergeten.

'Ben jij al ooit in de neus van een hond geweest? Je weet waar hondenneuzen het meest in zitten, hè?'

Juist, ja!

Ik zag er een beetje tegenop om die maandag naar school te gaan. Ik had geen zin om aan iedereen alles over Norbert te moeten uitleggen. Hoe kon ik zeggen dat er een buitenaards wezen in mijn neus woonde? Waarschijnlijk zou toch niemand mij geloven. Ze zouden vast denken dat ik degene was die de piepstem produceerde. Ik hield er niet van dat iemand mij in verlegenheid bracht, maar voelde goed aan dat het precies dat was wat Norbert heel binnenkort zou doen.

Ik kwam Victor tegen, die net naar buiten kwam. Zijn moeder stond in de deuropening. Het was een heldere, zonnige ochtend. De zon ging op boven het rimpelloze meer. De lucht was zo blauw dat je ogen er pijn van deden.

Ik hou van mevrouw Grunewald. Ze is een kleine, mollige vrouw met een grappig accent.

'Dag jongens. Een prettige dag nog,' zei ze.

'Dag mama,' zei Victor.

'Dag,' zei ik.

'Adieu, mavourneen!' riep Norbert.

Victor draaide zich naar me om. 'Wat?!'

'Het is mijn neus,' zei ik. 'Hij spreekt een heleboel talen. Hij is erg begaafd.'

'Dank je wel.'

'Wat?!' zei Victor.

Ik haalde de schouders op. Ik voelde al een blos gloeien en we waren nog niet eens op school aangekomen.

Of anders wat?

We kwamen op het schoolplein aan toen de bus tegen de stoeprand stopte. Ik vond dat de schoolbus iets had van een grote gele herdershond die de afgedwaalde kinderen elke ochtend weer bijeendreef om ze naar de kraal te brengen. Miranda was de eerste die uitstapte. Ze woont op een echte boerderij – ze had er in de klas een keer over verteld – met een silo en een schuur en alles erop en eraan. Ze hebben koeien en schapen en ik weet niet hoeveel hectaren graan. Grappig dat ze helemaal op het platteland woont en elke dag zo ver naar de stad komt om naar school te gaan. Het grootste deel van de week brengt ze op precies dezelfde manier als ik door en voor de rest zit ze op een plek die voor mij even vreemd is als … Jupiter.

'Hé, jongens,' riep ze. 'Alan, Victor. Wacht eens.'

Ik wachtte, een beetje onhandig en nerveus. Ik mocht Miranda wel, maar had er geen flauw benul van wat ik tegen haar moest zeggen. Ze liep recht op Victor af en vroeg: 'Leuk weekend gehad?'

Vic knikte.

'Tof,' zei ze. Haar bruine haar wipte op en neer toen ze haar hoofd naar mij draaide. 'En bij jou, Alan? Iets interessants gebeurd dit weekend?'

Ik schokschouderde. 'Niets speciaals,' zei ik.

'Ik kijk uit naar het voetbaltoernooi,' zei ze. 'Doen jullie mee?'

Dat was ik helemaal vergeten. Voetbalwedstrijden op school, klas tegen klas in de pauze. Ik hield niet zo van voetbal.

'Ik weet het niet,' zei Victor. 'Al dat heen-en-weergehos.'

'O, jammer.' Ze klonk behoorlijk aangeslagen toen ze hoorde dat Victor niet mee wilde voetballen. Haar gezicht was verwrongen van teleurstelling.

'Je moet meedoen, Victor,' zei ze. 'Je zult het leuk vinden. Ik ga me inschrijven en ik heb al gepraat met een paar andere jongens van onze klas. Mevrouw Scathely is ook geïnteresseerd.'

'Hm,' mompelde Victor.

We liepen voorbij de boom in het midden van het schoolplein. Het is een vrij grote boom, maar echt gezond ziet hij er niet uit. Een iep. De bladeren zijn verdord en weggeknaagd. Een dezer dagen moeten ze hem omhakken. Ik loop er meestal in een wijde boog omheen, omdat de bullebakken van 7L er voor en na school en in de middagpauze altijd rondhangen. Larry en Gary, grote kerels met een kaalgeschoren kop en tatoeages, waren er al. Ze boerden naar elkaar. Korte, scherpe geluiden. Ze hadden kunnen doorgaan voor een stelletje robben, behalve dat zeehonden niet zo'n gemene smoel hebben. Miranda liep zonder aarzelen naar hen toe. Victor stopte abrupt en slikte nerveus.

'Wel, euh ... tot straks misschien,' zei hij stotterend. En hij stevende op het schoolgebouw af.

Ik wilde me omdraaien en weglopen, maar tegelijk wilde ik niet dat Miranda dacht dat ik bang was. Ze leidde me rakelings voorbij de bullebakken. Als ik had gewild, had ik op Gary's rugzak kunnen stappen. Die lag op de grond, zodat je de doodskop kon zien die hij erop getekend had met alle verwensingen ernaast. Ik stapte voorzichtig om de rugzak heen.

'Kijk uit waar je stapt, Dingwall!' schreeuwde Gary. 'Of anders ...!'

Er zijn twee mogelijke antwoorden als iemand 'Of anders ...!' tegen je zegt. Of je doet alsof je het niet gehoord hebt, of je vraagt: 'Of anders wat?' Als je zelf een bullebak bent, kun je zeggen: 'Of anders wat?' En dan teruggaan en op de plunjezak trappen.

Ik deed alsof ik het niet hoorde.

'Of anders wat?' riep Norbert over mijn schouder.

Miranda staarde me aan. Ik liep door in de hoop dat ze Norbert niet gehoord hadden.

'Hoi, Dingwall!'

Ze hadden het wel degelijk gehoord. Ik bleef doorlopen.

'Hooi is voor paarden!' riep Norbert terug.

'Bek dicht!' fluisterde ik.

Miranda hield een hand voor haar mond alsof ze een glimlach moest verbergen.

'Gary en Larry proberen te snappen wat je precies bedoelde,' giechelde ze.

'Ik zei helemaal niets,' zei ik. 'Het was Norbert.'

Natuurlijk begreep ze dat niet.

'Dat was slim van je,' zei ze. 'Het is beter om Gary in de war te brengen dan met hem te vechten.'

'Het is in elk geval makkelijker,' zei ik. Ze lachte.

De bel ging. We schoven aan in de rij van de zevende klas, buiten voor de middelste deur.

'Denk je er ook eens over na om mee te voetballen, Alan?' vroeg Miranda. 'Ik zou het echt leuk vinden als je meespeelde.'

'Natuurlijk speel ik mee,' zei Norbert. 'Schrijf me maar in!'

'Geweldig!'

'Voor jou zou ik alles doen.'

Ze hapte naar lucht. Ik bloosde als een pioen.

'Wat zei je, Alan?'

'Niets,' stotterde ik. 'Niets speciaals.'

'Ik hoorde jou wel. Jou en je grappige stemmetje.'

'Het is mijn neus,' legde ik uit. 'Hij komt van Jupiter.'

'Op Jupiter speelt iedereen voetbal.'

Ze knipperde met haar ogen. Ik hield ondanks alles van de glimlach op haar gezicht. Ze draaide zich naar me om en gaf een tikje op mijn neus. Ook dat vond ik leuk.

'Hé, nu mors ik met mijn cacao.'

'Iedereen op Jupiter drinkt chocolademelk,' legde ik uit. Ze lachte.

Niemand leek te geloven dat Norbert bestond, en toch kon hij goed de aandacht op zich vestigen.

Ik keek over mijn schouder. De bullebakken hadden zich in slagorde opgesteld. Gary schudde zijn vuist naar me. Ik genoot van de aandacht van Miranda, op die van Gary zat ik niet echt te wachten.

Onze cafetaria is klein en lawaaierig en ze stinkt. De vloer is hard, de stoelen zitten ongemakkelijk en de vrouw die toezicht houdt, zou duidelijk liever elders zijn. Gewoonlijk zit ik aan de andere kant bij het raam, samen met Victor.

Soms komen Nick of Dylan of Andrew bij ons zitten, jongens van onze klas. We spelen een potje kaarten, vertellen grapjes en proberen niet te luisteren naar wat de meisjes een paar tafels verderop aan het vertellen zijn.

Maar vandaag is alles anders. Ik kocht chocolademelk aan de toonbank en liep naar het tafeltje waar we gewoonlijk zitten. Zowat halverwege mijn eerste slok chocolademelk keek ik op en zag ik Mary naar me staren. En Gary. En Prudence. Meestal eten ze 's middags buiten de schoolmuren, in het veld achter de nieuwe verkaveling of in de snackbar verderop in de straat. Ergens waar ze kunnen paffen. De enige plek op school waar ze kunnen roken, zijn de wc's en ik vermoed dat ze daar liever niet hun boterhammen gaan opeten. Trouwens, als je gepakt wordt terwijl je aan het roken bent, betekent dat een uur nablijven.

Nog voor ik mijn slok melk kon doorslikken, waren ze al gaan zitten. Aan ons tafeltje.

Victor kwam net binnen. Toen hij zag wat er gebeurde, liep hij rakelings voorbij, alsof hij me niet kende.

'Hé, Vic!' schreeuwde ik, maar hij liep gewoon door. En dat noemt zich dan mijn vriend.

De bullebakken zeiden niets, zelfs niet tegen elkaar. Nogal gek, eigenlijk.

'Hallo, jongens,' zei ik met naar ik hoopte een normale stem. 'Hoe gaat het ermee?'

Geen reactie. Het ging er allemaal heel kalmpjes toe. Prudence staarde me aan. Ze had helemaal geen eten bij zich. Mary nam een reusachtige beet van iets wat eruitzag als leverworst en ui en roomkaas op een broodje met sesamzaadjes. Een Dikke Smeerboel, had je het ding kunnen noemen. Ze staarde me aan met haar kleine varkensoogjes, slikte een geweldige brok door en liet een vette boer. Ik haalde mijn neus op. De cafetaria rook zo al vies genoeg ... daar was Mary niet echt bij nodig.

Aan de andere kant van de cafetaria zaten Nick en Dylan en nu ook Victor, samen met een stel kleine kinderen van de zesde klas. Ik zwaaide naar hen. Ze keken een andere kant op. Ik bestond niet meer. Wat hen betrof, was ik al een lijk. Ten dode opgeschreven.

De surveillant wandelde voorbij onze tafel. Een oude vrouw met dun haar en dikke enkels. Ze was stilletjes aan het tellen, zoals gewoonlijk. Zeventien, achttien, negentien, twintig. Hoeveel scholieren in de cafetaria, hoeveel drankkartonnetjes op de grond, hoeveel dagen nog tot haar volgende vakantie ... Moeilijk te zeggen wat ze precies aan het tellen was.

Gary gaf me een venijnige trap onder tafel. Hij droeg grote, dikke laarzen met zware zolen.

'Hé!' zei ik. De surveillant stopte, keek me even aan en liep toen door. Eenentwintig, tweeëntwintig, drieëntwintig. Ik schoof mijn benen gauw buiten schot.

'Alan, hoe gaat het?' vroeg een vertrouwde stem.

Ik keek op. Miranda! Nog nooit was ik zo blij geweest iemand te zien.

'Dag Miranda, tof dat ik je nog eens zie,' zei ik. Deze keer stond ik absoluut niet met de mond vol tanden. Ik was bang van de bullebakken. En angst maakt de tongen los. Ik klonk bijna als de gastheer in een praatprogramma.

'Waarom blijf je niet even bij ons? Ga zitten,' zei ik.

Ik trok de stoel naast me achteruit.

'Je moet wel oppassen voor Gary. Hij heeft soms van die spastische trekken in zijn been.'

Gary hapte naar lucht. Ik taterde maar door. 'Ja, ik amuseer me geweldig met Groucho, Chico en Harpo hier. Eigenlijk met Harpo, Harpo en Harpo.'

Miranda lachte. Mary en Gary gromden als een stel buldoggen, waar ze eerlijk gezegd ook wel op leken. Ja, ik was nerveus bij hen, maar tegelijk had de hele situatie ook iets grappigs. Ik bedoel, ze konden ons moeilijk in het midden van de cafetaria

in elkaar timmeren of zo. De surveillant stond een paar passen verderop. Het kantoor van de directeur lag aan het andere eind van de gang.

Prudence reikte over de tafel en griste mijn pak koeken weg. Jammer, daar had ik net zo'n zin in.

'Bedien jezelf,' zei ik. 'Ik hoop dat je chocoladewafels lust.'

Het enige wat me restte, was mijn appel. Ik pakte hem gauw op.

Prudence hield het pak koeken in haar hand en verbrijzelde het, terwijl ze me onafgebroken aanstaarde. Toen liet ze het plastic pakje op tafel vallen. Daar lag het dan, afschuwelijk gehavend, een arm verwrongen ding dat eens mijn dessert geweest was.

'En zo zullen we allemaal tot stof en as vergaan,' merkte Norbert op.

Prudence schrok even. Haar ogen vernauwden zich. Toen bonkte ze met haar vuist op het pak kruimels, opnieuw en opnieuw.

De verpakking barstte open en bruin stof vloog in het rond. Ze was waarschijnlijk woest, maar van haar gezicht viel niets af te lezen. Behoorlijk angstaanjagend. Ik had een stukje appel in mijn mond, maar vergat erop te kauwen. Miranda legde haar hand op mijn arm.

De surveillant hoorde het geluid. Ze kwam aangelopen.

'Wat gebeurt hier?' vroeg ze. Ze keek geërgerd, waarschijnlijk omdat we haar gestoord hadden bij het tellen.

De bullebakken stonden op. Mary's eten was volledig verdwenen. Er zat een donkere vlek naast haar mond, die ze op een walgelijke manier aflikte. Prudence boog over de tafel.

'Wil je nog weten: of anders wat?' zei ze zacht tegen me. Met één vingertop tikte ze tegen het opengebarsten pakje. Het tolde over het tafelblad en viel op de grond.

'Raap dat op,' gebood de surveillant. Prudence staarde naar haar en daarna naar het pakje op de vloer.

'Of anders wat? Of anders dát,' zei ze tegen mij en ze draaide zich op haar hielen om en koerste naar de deur. Mary en Gary sjokten achter haar aan.

'Weg met die vieze troep! Ga gauw naar huis!' schreeuwde Norbert hun achterna.

De surveillant keek me verbouwereerd aan.

'Hoe doe je dat?' vroeg ze. 'Hoe kun je met zo'n grappig, hoog stemmetje praten zonder je lippen te bewegen?'

'Dat ben ik niet die praat,' zei ik.

Neuzensport

De resten van mijn ontbijt staan opgestapeld op mijn dienblad. Mijn ouders liggen allebei te snurken in hun stoel. Mijn hoofd is helemaal omzwachteld en doet pijn. Geweldig, hoor, in het ziekenhuis liggen. Superromantisch. En ik moet alweer naar de wc.

'Wat betekent *mavourneen* eigenlijk?' vraag ik aan Norbert.

Ik had het willen vragen op het moment zelf, maar was het vergeten. Norbert snuift diep, alsof hij de keel moet schrapen.

'Het betekent *mijn lieve schat* in het Iers.'

'Waarom noemde jij de moeder van Vic *mijn lieve schat*?'

'Ik dacht dat ze dat wel leuk zou vinden. En blijkbaar was het ook zo. Ze was er nog over bezig toen we bij haar gingen eten vorige week. Weet je nog, toen ze die cornedbeef met kool gemaakt had, op een heel speciale manier. Aaah! Dat rook pas lekker!'

'Ja, dat weet ik nog,' zeg ik huiverend. 'Kool is niet echt mijn lievelingseten. Ik ben trouwens niet de enige. Waarom denk je dat nog niemand op het idee gekomen is om chips met koolsmaak op de markt te brengen?'

'Zeg, wat ben je aan het doen? Kom je uit je bed? Je weet dat je niet mag opstaan. Blijf rustig liggen, heeft de dokter gezegd.'

'Ik moet naar de wc,' zeg ik.

'Kun je niet beter die lieve verpleegster bellen? Of je ouders wakker maken? Die kunnen je helpen.'

'Ik heb geen hulp nodig,' zeg ik, hoewel de kamer heel langzaam, met de wijzers van de klok mee, om me heen begint te tollen zodra ik van de bedrand probeer op te staan. Grappig, de vorige keer dat ik opstond, draaide de kamer tegen de wijzers van de klok in. Zo draait een voetbal als je hem met je linkervoet wegschopt. Of is het met je rechtervoet? Miranda weet dat vast wel.

'Herinner je je nog die voetbalwedstrijd tegen de bullebakken?' vraagt Norbert. Hoe gek, ik was ook net aan voetbal aan het denken. Soms lijkt het wel alsof Norbert mijn gedachten kan lezen. We gaan eigenlijk erg vertrouwelijk met elkaar om, wij tweeën.

'Die wedstrijd waarin ik het beslissende doelpunt maakte?'

'Jij maakte dat doelpunt niet!'

'Toch wel!'

'Nietes!'

'Welles!'

Zoals ik al zei, we zijn nogal close, Norbert en ik. We zijn het altijd eens.

De wc in het ziekenhuis is klein en schoon en glanzend wit. Overal waar ik kijk, zie ik de weerkaatsing van de lampen aan het plafond. Het maakt mijn hoofdpijn nog erger.

De finale van het voetbaltoernooi op school werd gespeeld in een donkere, klamme middagpauze in november. Een overbevolkt en lawaaierig schoolplein. Kinderen renden achter elkaar aan en vielen op de grond, terwijl een paar verveelde leraren deden alsof hun neus bloedde. Het was koud die dag, nat en grijs. November. Ik stond aan de zijkant van het grasveld, veel te licht gekleed in mijn korte broek en een t-shirt met korte mouwen. Ik had gelukkig wel kniekousen aan, maar die zakten voortdurend af. Dan trok ik ze op en van de weeromstuit zakten ze weer af, natuurlijk. Ik droeg voetbalschoenen met noppen, wat ik hatelijk vind. Ze zeggen dat je met noppen snel kunt stoppen en draaien. Het enige wat ik deed, was snel vallen.

Om uiteenlopende redenen, maar vooral omdat Miranda het me vroeg, zat ik in het elftal dat onze klas vertegenwoordigde. De Commodores, zo noemde mevrouw Scathely ons. Zij neemt voetbalwedstrijden op school heel ernstig. Blijkbaar waren de Commodores een muziekgroep uit haar kindertijd. Nog een geluk dat ze niet van klassieke muziek houdt of we waren de Filharmonische 7A of zo geworden.

De wedstrijd zou net beginnen. Aan de andere kant van het veld gingen de tegenspelers bij elkaar staan. De Poema's. Vijf man, zoals wij. Dat was een van de Speciale Spelregels voor Schoolwedstrijden. Zo leek het meer op hockey dan op voetbal, eigenlijk. We hebben niet echt een groot veld op school, en met elf spelers aan elke kant zou er geen plaats meer zijn voor de scheidsrechter en de bal.

Miranda riep ons bijeen om de tactiek te bespreken.

'Vergeet niet wat we net gezegd hebben,' vertelde ze. 'Zorg ervoor dat de Poema's jullie niet verslaan. De bal moet snel naar voren. Niet dribbelen, maar een pass geven.' Ze zei nog meer van die dingen, maar ik besteedde er niet veel aandacht aan. Voetbal is niet mijn favoriete sport. Ik trok me niet veel aan van tactiek en strategie, of van de bal naar de andere kant van het veld krijgen en dribbelen. Ik dacht trouwens dat dribbelen bij basketbal hoorde. En bij peuters. Wist ik veel dat dribbelen ook voetballen was.

En zelfs als ik dol was geweest op voetbal, dan nog had ik nooit tegen de Poema's willen spelen. Zij wauwelden niet over tactiek. Ze gooiden hun leren jasjes op een hoop, spuwden hun kauwgum uit en stonden elkaar vervolgens zo'n beetje te duwen en te stoten.

Mevrouw Scathely liep op en neer langs de lijn. Ze droeg een jasje met *Commodores* op de rug. Meneer Taylor was de klassenleraar van 7L, de klas van de Poema's, maar hij kwam niet opdagen. Ik denk dat hij genoot van de tijd die hij niet in zijn klas moest doorbrengen.

Je zou misschien denken dat een stelletje bullebakken zich niet uitslooft voor een voetbalwedstrijdje op school. Waarom voetbal spelen als je veel handiger bent met messen en lucifers? En toch. Het was Prudence die op het idee gekomen was de schoolwedstrijden voor iedereen te verknallen. Arme meneer Taylor. Zijn haar was er een stuk grijzer op geworden sinds het begin van het schooljaar. De Poema's hadden tot dan toe elke andere ploeg verslagen. Nu waren wij aan de beurt.

'Oké, jongens, we beginnen!' riep de sportleraar, meneer

Stern. Hij blies op zijn fluitje. Miranda draafde naar de binnenste cirkel. Mary-de-bullebak deed hetzelfde. En Larry-de-bullebak. En Gary-de-bullebak.

'Komaan, mannen,' riep Miranda over haar schouder naar de spelers van ons vijftal. We stonden in elkaar gedoken. Ik ook.

'Je kent de spelregels,' sprak meneer Stern rond zijn fluitje. Blijkbaar kun je pas als sportleraar benoemd worden als je goed kunt praten met een fluitje in je mond.

'Er zijn twee helften van vijftien minuten, plus eventueel penalty's bij een gelijkspel. Ruw spel wordt zwaar bestraft.' Bij die laatste zin keek hij de Poema's strak aan. In de vorige wedstrijd hadden ze Andrews pols gebroken.

'Natuurlijk per ongeluk,' zeiden ze achteraf. 'Goh, het spijt ons echt verschrikkelijk!'

Maar ik had de dag erop met Andrew gepraat en hij zei dat Mary het opzettelijk gedaan had. Ze liet hem struikelen en sprong toen op zijn arm.

'Begrepen?'

Meneer Stern keek naar Mary-de-bullebak. Ze knikte koeltjes en snoot toen haar neus leeg op het gras, eerst het ene neusgat, toen het andere. Daarna likte ze even met haar tong onder haar neus. Wat ze nog meer voor smakelijks deed, kan ik niet zeggen, want ik keek snel de andere kant op.

Wij kregen de bal het eerst. Miranda speelde hem door naar mijn vriend Victor, aan de rechterkant. Mary's kant. Ze stormde op Victor af en schreeuwde hem toe of hij klaar was voor een aframmeling.

De rest zou Miranda eigenlijk moeten vertellen. Zij weet veel meer van voetbal dan ik. Wat ik van voetbal begrijp, is het volgende: je schopt de zwart-wit gevlekte bal naar de andere kant van het veld en de andere ploeg schopt hem terug, en dan schop jij hem weer naar hen. Vroeg of laat rolt de bal buiten en dan gooi je hem boven je hoofd het veld weer in. Ik weet niet waarom je hem boven je hoofd moet houden, maar zo gaat het nu eenmaal. Dan ontstaat er een beetje heisa en plotseling schopt iemand de bal richting doel. Of de bal gaat in het net — dat is een doelpunt — of hij gaat ernaast, en dan pakt de keeper hem op en schopt hem een heel eind ver het veld weer in. En dan begint alles weer van voren af aan. In de tweede helft van het spel verander je van kant. En na de wedstrijd verander je weer van kleren.

Miranda had geprobeerd me wat meer uitleg te geven over de details, maar daar kan ik me niets meer van herinneren. Middenvelders en spitsen, mandekking, kruispassen en buitenspel. Ze ging er helemaal in op. Haar helderblauwe ogen fonkelden. Ze schudde het haar uit haar gezicht en zwaaide met haar handen.

Ik knikte terwijl ik naar haar keek. Als het spel begonnen is, doe ik zoals altijd: ik loop wat heen en weer over het veld en als de bal naar me toe komt, schop ik hem gauw naar iemand anders.

Onze wedstrijd tegen de Poema's leek op alle andere wedstrijden die we al gespeeld hadden, behalve één ding. Dat werd pas duidelijk naarmate het spel vorderde.

Wij, de Commodores, brachten opmerkelijk veel tijd door op de grond. Ik hield het in de gaten om er zeker van te zijn. Onze keeper schopte de bal bijvoorbeeld het veld in naar Nick, een vriendelijke jongen met een bril die graag buitenaardse wezens tekent. Nick had de bal en Larry kwam naar hem toe om hem af te pakken. Toen Nick de bal doorgegeven had, haalde Larry hem onderuit.

'Hé,' riep Nick terwijl hij overeind krabbelde. Maar nu had Victor de bal en meneer Stern keek zijn kant op. Toen Victor de bal weggeschopt had, vloerde Larry hem.

'Hé,' riep Victor, maar meneer Stern had het niet gezien.

Gary keek glimlachend op Victor neer, spuwde even en draafde snel weg, maar lichtte Nick opnieuw een beentje toen hij even later weer passeerde.

'Hé!' riep Nick weer.

Geen twijfel mogelijk, de Commodores speelden deze wedstrijd hoofdzakelijk op hun zitvlak.

Miranda is een wonderbaarlijke voetballer. Ze pakte de losse bal van Larry af, trapte hem tussen Gary's benen door en rende toen zo snel om hem heen dat hij zelf op de grond donderde in een poging om haar te laten vallen. Miranda rende verder langs de zijlijn, de bal moeiteloos voor zich uit schoppend, even snel als ik kan lopen zonder bal. Haar haar wapperde als een vlag. De Poema's renden allemaal achter haar aan. Ik ook, op een veilige afstand. Aan de zijlijn moedigde mevrouw Scathely haar aan.

Miranda was bijna helemaal aan de andere kant van het

veld. Er was maar één verdediger tussen haar en de goal. De
rest van de ploeg kwam toegesneld. De hoek was te klein voor
een doelschot. Miranda keek over haar schouder en stuurde
de bal met een wijde boog naar het midden van het veld. Ik
denk dat dat een kruispass was. Hoe dan ook, de bal zeilde
over de hoofden van de Poema's om ten slotte, je raadt het al,
recht voor mijn voeten te belanden!

De bal en ik. En niet al te ver van ons vandaan, de keeper,
Barry. De tijd stond stil. Ik had een zee van tijd. In een flits zag ik
dat Barry's sokken niet bij elkaar pasten: één sok had strepen

bovenaan en de andere niet. Ik wist dat de Poema's eraan kwamen. Ik wist ook dat de Commodores me aanvuurden, maar ik hoorde ze niet. Ik haalde diep adem en voelde het veld onder me rollen, kalm en troostend als een golf in de oceaan. Ik glimlachte en haalde mijn voet achteruit voor een fikse trap.

Het was voor een hele tijd de laatste keer dat ik glimlachte. Ik viel niet. Ik was ...

'Jawel, je viel,' onderbreekt Norbert me fluisterend.

'Nee, ik viel niet,' zeg ik.

'Je viel wel. En hoe! Ik zie het nog voor me. Ik was erbij!'

'Ik viel niet,' fluister ik. 'Iemand heeft me een beentje gelicht.'

'Je viel. Je viel over je eigen stomme voetbalschoenen met noppen en belandde op de grond met je voeten om je oren gevouwen. Ik was diep vernederd.'

'Norbert, alsjeblieft. Prudence viel me aan in de rug.'

Het is heel stil in de ziekenhuiskamer, op het gesnurk van mijn slapende ouders na. En het gekibbel van mijn neus en mij.

'Prudence stond helemaal aan de andere kant van het veld! Als ze jou liet struikelen, moet ze schoenmaat duizend-en-zoveel hebben gehad.'

Ik zeg niets, maar blijf denken: Ik viel niet.

'Je viel,' zegt Norbert.

''t Is al goed,' geef ik toe. 'Jij je zin. Ik viel stomweg op de grond.'

'Sukkel!'

Wat er ook van zij, uiteindelijk kreeg Prudence de bal te pakken. Ze schopte hem naar de andere kant van het veld. Miranda kon onmogelijk op tijd terug zijn. Gary gaf een reuzetrap van tientallen meters ver. Dylan is onze keeper omdat hij het meeste plaats inneemt. Hij is een hoofd groter dan ik en bijna twee keer zo breed. Ook zijn haarbos is enorm, zoals eigenlijk alles aan hem. Hij maakte een zwakke beweging met zijn hand. Vanuit mijn positie op de grond leek het wel alsof hij naar me zwaaide. Het maakt niet uit. De bal zat in het net.

Het was 1-0.

Prudence staarde me aan terwijl ik overeind krabbelde. Ik kon haar ogen op mijn zitvlak voelen toen ik beschaamd terug naar de Commodoreskant van het veld draafde. Ik zei sorry tegen Miranda, maar ze zei dat ik me er niets van aan moest trekken.

'Prudence duwde me,' zei ik.

'Goed geprobeerd,' antwoordde ze. Ik vraag me af of ze me geloofde. De bal lag weer op de middenstip.

'Komaan, jongens,' zei Miranda. 'Deze keer nemen we ze te grazen!'

Meneer Stern blies op zijn fluitje en het spel ging verder.

Voor het einde van de eerste helft gebeurde er niets opzienbarends meer. Ze bleven ons een beentje lichten en wij zeiden keer op keer: 'Hé!'

Eén of twee keer had meneer Stern het toch gezien en toen zei hij alleen maar dat ze een beetje netjes moesten spelen. Eén keer gaf hij Victor een strafschop, maar Vic miste het doel.

De Poema's scoorden opnieuw. Ze hadden bijna een derde doelpunt te pakken, maar door een of ander toeval ging Mary's trap recht op Dylan af. De bal kaatste terug naar Nick, die hem wild in de goede richting schopte, en vloog over het veld alsof hij vleugels had, over de hoofden van de Poema's. Iedereen staarde vol verbazing omhoog, alsof ze geen voetbal, maar een varken of een kathedraal in de lucht zagen. Alleen Miranda keek niet omhoog. Ze spurtte weg met een topsnelheid zodra de bal Nicks voetbalschoen-met-noppen verliet. De bal stuiterde een paar keer en begon toen te rollen. Miranda was er nu het dichtst bij, op Mary na. Mary zag haar aankomen en stak alvast haar voet uit, maar Miranda sprong er behendig als een gazelle overheen en ging er met de bal vandoor, in de richting van de andere goal. Enkele seconden later zat de bal in het net van de Poema's en jogde Miranda terug.

En opnieuw leek de tijd stil te staan. Ik zag de razernij op het doorgaans onbewogen gezicht van Prudence. Ik zag meneer Stern een hand opsteken en op zijn fluitje blazen om het einde van de eerste helft aan te geven. Ik zag hoe Gary Nick omverduwde. Toen zag ik dat mijn schoenveter los was. Stomme voetbalschoenen! Ik boog voorover om ze vast te binden … en toen moet het gebeurd zijn. Ik hoorde een schreeuw van pijn en toen als uit één mond 'Hé!' van de Commodores. Ik keek op. Miranda rolde over de grond terwijl ze naar haar enkel greep. Prudence torende boven haar uit met haar handen in de heupen.

'Hebt u dat gezien, meneer?' Victor rende naar meneer Stern.

'Hebt u het gezien? Prudence heeft haar geschopt. Recht op haar enkel.'

Meneer Stern haastte zich naar de plek. Hij blies op zijn fluitje.

'Wat is hier aan de hand?'

Op dat moment was ik al bij Miranda.

'Kun je staan?' vroeg ik terwijl ik haar overeind hielp. Ze deed een stap en zakte toen opnieuw in elkaar.

'Verstuikt, denk ik,' zei ze. ''t Is niet zo erg.'

'Wat is er gebeurd?' vroeg meneer Stern haar.

'Ik weet het niet, meneer. Iets raakte mijn enkel en toen viel ik.'

Eén seconde keek Prudence verbijsterd. Ze had niet verwacht dat Miranda zoiets zou zeggen. Mary barstte in lachen uit. Gary en Larry hinnikten tegen elkaar.

'Prudence heeft haar geschopt!' Victor wees met zijn vinger naar haar. Nick knikte zo hevig dat de bril van zijn neus gleed.

'Hebt u het gezien?' vroeg meneer Stern aan mevrouw Scathely, die van de kant was komen aanrennen.

'Nee, er zaten te veel mensen in de weg.'

Meneer Stern fronste zijn lerarenfrons.

'Wel, Prudence, wat is er gebeurd?'

Prudence staarde hem aan alsof hij een insect was en zij een spuitbus insecticide.

'Ze viel.'

Mary voegde eraan toe: 'Haar stomme ploeg valt de hele

tijd op de grond, verdomme.' Ze lachte tot ze moest hoesten en toen spuwde ze in het gras.

'Let op je taal, Mary.' Leraren hebben graag een kapstok om zich aan vast te klampen.

'Ja ja.' Mary draaide zich om en liep weg.

Miranda hinkte over het veld. Ik rende achter haar aan. Ze blies stoom af, maar niet op Prudence. Ze was razend op zichzelf.

'Ik had moeten weten dat ze zoiets zou proberen. Ik had die … valse kat nooit zo dichtbij mogen laten komen,' zei ze. Miranda vloekt niet.

'Waarom vertel je meneer Stern niet dat ze tegen je enkel heeft geschopt? Hij zal je zeker geloven en dan wordt Prudence weggestuurd. Hoe noem je dat? Een rode vlag?'

'Een rode kaart.' Ze glimlachte, maar haar lach zag er verzwikt uit, net als haar enkel.

'Een rode kaart, ja.'

'O, Alan.' Miranda mag me wel, maar ze voelt niet altijd met me mee. 'Wat voor zin heeft dat? Ik wil niet zeuren omdat een of ander kind gemeen tegen me is. Het beste zou zijn haar gewoon te verslaan. Dat is waar ze niet tegen kan. We moeten deze wedstrijd winnen, Alan!'

De zon kwam even achter de wolken vandaan piepen. Het werd bijna een warme dag. De andere Commodores liepen hulpeloos in het rond. Ze keken voortdurend onze kant op. Meneer Stern nam zijn fluitje tussen de vingers, klaar om de tweede helft op gang te fluiten.

'Gaat het een beetje?' vroeg ik. 'Serieus. Kun je nog spelen?'

'Eerlijk gezegd, niet al te best. Ik kan de bal misschien wel wegtrappen, maar ik kan er niet snel meer achteraan lopen.'

'En jij denkt dat we de wedstrijd tegen de Poema's kunnen winnen zonder jou?'

Ze knikte vermoeid. Maar ik wist wel beter. Zonder Miranda hadden we evenveel kans als een mier in de les tapdansen.

Het fluitje blies voor de tweede speelhelft. De Poema's hadden de bal. Mary trapte hem over de middencirkel naar Larry.

En toen, zonder enige waarschuwing, maakte een nieuwe speler zijn opwachting.

'Kijk uit, Larry!' gilde Norbert uit volle borst.

Mijn beurt

Larry tuinde erin. Hij keek over zijn schouder, struikelde en schopte de bal per ongeluk naar mij toe. Voor ik goed en wel besefte wat er gebeurde, liep ik al over het veld, terwijl ik de bal kleine stootjes gaf met mijn voet, op zo'n manier dat hij vlak voor me bleef rollen, net binnen bereik.

'Dit,' zei Norbert opgewonden, 'is nu wat men *dribbelen met de bal* noemt. Op Jupiter doen we dat altijd zo.'

'Ik heb kinderen ooit zoiets zien doen in een Italiaans reclamespotje,' zei ik hijgend.

'Dan lijkt Italië heel erg op Jupiter!'

'Ik denk het niet,' zei ik. Let wel, ik ben er nooit geweest.

Zware voetstappen ploften achter me aan.

'Ik vermoord je, Dingwall!' schreeuwde Gary.

'Hoe dan wel? Ga je met die flutadem van jou mijn kaarsje uitblazen?'

'Zwijg, Norbert.' Gary is heel gemeen en bovendien een hoofd groter dan ik.

'Wie zei dat? Was jij dat, Dingwall?'

'Nee,' hijgde ik. 'Dat was ik niet. Ik denk dat je adem prima is.'

Wat een angsthaas ben ik toch. En natuurlijk levert dat nooit iets op. Gary dacht dat ik een grapje maakte. Hij brulde woest. Ik hoorde zijn voetstappen steeds beter. In paniek schopte ik de bal weg. Ik probeerde hem helemaal naar de andere kant van het veld te mikken, maar hij ketste per ongeluk af op de zijkant van mijn voet. Ik rende zo snel ik kon naar de zijlijn, want daar stond mevrouw Scathely. Ze was ons aan het aanvuren. Ik keek snel over mijn schouder. Gary achtervolgde me niet meer. Hij rende nu achter Nick aan, die wel goed op doel kon schieten.

Gary raakte stilaan uitgeput van al dat schreeuwen en opjagen, maar hij had nog net genoeg kracht om Nick van achteren te tackelen. Meneer Stern blies op zijn fluitje en gaf Nick een vrije trap. Ik weet wat een vrije trap is. De spelers van de andere ploeg moeten dan een eindje van de bal vandaan gaan staan, en zo vormen ze meteen een menselijke muur om de bal tegen te houden. Eerlijk gezegd, toen Mary en Gary en Larry en Prudence hun armen in elkaar haakten en schouder tegen schouder tegen schouder ... tegen hoofd stonden — Prudence is een stuk kleiner dan de anderen — zag ik niet in hoe Nick de bal over hen heen zou kunnen krijgen. Vooral niet omdat ze hem strak bleven aankijken met hun gemene bullebakogen. Hij is een nerveuze, gevoelige jongen, Nick. Een kunstenaar. De *aliens* die hij tekent, mogen dan wel technologisch superieur zijn, ze zien er zelf ook angstig uit. Nick schoof zijn bril hoger op zijn neus, haalde diep adem en rende naar de bal.

'Kijk, Gary, daar ligt geld in het gras! Naast je voet!'

Norbert klonk opgewonden. Gary kon niet zeggen waar de stem nu precies vandaan kwam. Hij boog voorover, en omdat zijn armen nog altijd in die van Larry en Mary haakten, konden ze niet anders dan meebuigen. Op het moment dat hun hoofden naar beneden gingen, haalde Nick uit. De bal vloog over hen heen, als een paard dat een moeilijke sprong maakt. De keeper, Barry, was ook even afgeleid. Hij staarde naar Gary's voet. De bal rolde hem langzaam voorbij, het net in.

Het was 2-2.

'Mooie trap, Nick. En nu terug, allemaal.'

Miranda wilde de Poema's niet tegen ons in het harnas jagen. Ze waggelde terug naar onze kant. Nick volgde. Hij keek verbouwereerd en een tikkeltje bezorgd. Victor sloeg hem op de rug.

De Poema's zaten op de grond, aan elkaar vast met hun ellebogen.

'Hé, jongens, jullie lijken wel een mooie armband!'

'Norbert, hou je gedeisd,' fluisterde ik. 'Je hitst hen op!'

'Dat,' zei hij, 'is nu net de bedoeling. Als ze woest worden, spelen ze slechter.'

'Gaan jullie zo te werk op Jupiter?'

Ik rende zo snel ik kon terug naar onze kant. Eendracht maakt macht. Ik hoorde in de verte hoe de Poema's me verwensten.

'Nee. Eigenlijk spelen we op Jupiter allemaal heel netjes.'

Ik hield mijn mond en probeerde me te concentreren op de wedstrijd, maar veel verschil maakte het niet uit. Ik bedoel, ik kon Norbert niet laten zwijgen. Hij bleef de spot drijven met de Poema's: met hun haar, hun kleren, zelfs met hun oorringen en tatoeages.

'Wat moet dat voorstellen?' schreeuwde hij naar Gary, die een adelaar op zijn onderarm had, dicht bij de elleboog. Eigenlijk zag het er niet eens zo lelijk uit. Het hield het midden tussen cool en weerzinwekkend.

'Heeft tweehonderd dollar gekost,' blufte hij, en dat kon best.

'Het lijkt wel Donald Duck!' schreeuwde Norbert.

Victor greep mijn arm.

'Zwijg toch!' fluisterde hij. 'Stop met de Poema's zo te beledigen. Ze vermoorden je!'

'Dat ben ík niet,' zei ik. 'Dat is Norbert.'

Hij keek me aan alsof ik gek geworden was. En misschien was dat ook wel zo. Maar ik ving een bewonderende blik op van Miranda. Mijn held! leek die blik te zeggen. Mijn schildknaap! Mijn kampioen! Ze gaf me de bal door.

'Trap hem naar de andere kant, Pieper!' schreeuwde ze.

Pieper? Ook goed. Ik trapte de bal weg, zo hard ik kon.

De Poema's wisten niet wat ze moesten denken. Ze waren er zeker van dat ik het was. En dat is net waar ik zo bang voor was, en waarom ik zo veel mogelijk in de buurt van de scheidsrechter bleef. Als Norbert praat, bewegen mijn lippen niet. Het lijkt inderdaad alsof ik een buikspreker ben. Alleen ben ik niet verantwoordelijk voor wat er dan gezegd wordt. Ik kan Norbert niet laten zeggen wat ik wil. Ik had meer weg van de pop van een buikspreker dan van de buikspreker zelf ...

'Wacht maar, Dingwall!' zei Mary. 'Ik zie je nog na school.'

Ik rilde van angst. Ik probeerde me te verontschuldigen en uit te leggen dat het mijn schuld niet was, maar Norbert begon uitdagend te fluiten.

'Ik zal een rode anjer dragen,' zei hij. 'Maar vergeet niet: ik kus nooit op een eerste afspraakje!'

Zelfs Larry schoot in de lach. Zoals ik al zei, hij is geen echte bullebak. Ik staarde hulpeloos naar Miranda. Ook zij stond te lachen.

'Goed gezegd, Pieper!' riep ze.

Het peil van de wedstrijd zakte tot een potje heen en weer trappen op het middenveld. Ik trok het me niet aan. Zo was het makkelijker om dicht bij meneer Stern te blijven. Meestal speelden we de bal door naar Miranda. Zij trapte hem een eind weg en alle Poema's renden erachteraan.

Na een tijdje blies meneer Stern op zijn fluitje.

'Laatste speelminuut!' riep hij terwijl hij op zijn horloge keek. Ik maakte een beweging om Prudence te ontwijken. Het was niet de eerste keer dat ik dat moest doen. Ze volgde me al bijna de hele tweede helft, als een bloedhond die een ontsnapte gevangene op het spoor is. Norbert gaf haar ploeg er flink van langs. Zijn plannetje werkte: de Poema's waren steeds slechter gaan spelen. Ik werd nu echt bang. Vroeg of laat zouden ze me te pakken krijgen, dat wist ik. Ik probeerde

Prudence en meneer Stern tegelijk in het oog te houden. Prudence probeerde een blinde zijdelingse tackle op me uit, terwijl meneer Stern op zijn horloge keek. Gelukkig kon ik haar op het nippertje ontwijken. Dat beviel haar niks.

Nick stond stil en keek naar Gary en de bal, die dichterbij kwamen. Versteend als een vogel die een slang in het oog krijgt. Ik rende naar hem toe om hem te helpen.

'Poessies!' gilde Norbert uit volle borst. 'En dat noemt zich Poema's! Jullie lijken meer op kleine poesjes!'

Gary werd daar zo driftig van dat hij stopte met dribbelen – daar was hij namelijk mee bezig – en schreeuwde: 'En jij bent geen Commodore, je bent gewoon ...' Toen stokte zijn stem, omdat hij blijkbaar geen belediging kon bedenken die erg genoeg klonk. Meneer Stern moest er smakelijk om lachen, waarbij het fluitje uit zijn mond viel.

Goeie naam, de Commodores!

Ondertussen stormde Nick vooruit. Hij ontfutselde Gary de bal en trapte hem naar de andere kant van het veld. Daarop duwde Gary Nick op de grond. Met z'n allen holden we achter de bal aan. En raad eens wie daar als eerste aankwam? Ik niet. Gary niet. Prudence niet ... ze liep vlak achter me. Nick natuurlijk ook niet ... die lag op de grond. Mary niet ... zij was tweede. De eerste bij de bal was Miranda! Het kan niet anders of ze was al gaan rennen nog voor Nick getrapt had. Vooruitlopen op de zaak, noemen ze dat. Een bijzonder nuttige eigenschap. De bal lag in een hoek van het veld. Miranda kon hem niet zomaar ergens naartoe dribbelen met haar zere enkel, dus wachtte ze tot de rest van ons er was en toen stuurde ze hem recht voor doel. Een hoge bal.

Ik had het gevaar moeten zien aankomen, maar ik was te veel in mijn nopjes met het gelijkspel en de laatste speelminuut en de bal die eraan kwam vliegen en hoe wij allemaal met de ellebogen werkten en duwden voor de goal van de Poema's. Barry, de keeper, stond klaar om te springen en de bal te grijpen voor die op de grond kon vallen. Ik stond een paar passen van hem vandaan, vlak voor het net. Toch zag ik niet goed in hoe ik de bal te pakken kon krijgen, want Gary stond tussen mij en het net in. Ik keek om me heen, op zoek naar hulp. Miranda stond nog altijd in dezelfde hoek van het veld. Ze hinkte op één voet. Victor lag op de grond; Mary had hem omvergeduwd. Nick was er nog niet. Nu hing het allemaal van mij af. Ik boog voorover, klaar om op te veren zodat de bal mijn hoofd zou raken. Maar terwijl ik mijn zitvlak een eind achteruitstak, moest ik plotseling weer aan Prudence achter me denken.

Laten we het een kwetsbare positie noemen. Ik voelde me als een Amerikaans munitieschip op de Atlantische Oceaan met een Duitse U-boot achter zich aan, zoals je dat kunt zien in films over de Tweede Wereldoorlog. En toen vuurde Prudence haar torpedo af. Wham! Haar rechterschoen raakte me met alle kracht die ze in zich had. Recht in ... het achterdek.

Explosie! Het volgende dat ik me kan herinneren, is dat ik door de lucht vloog, hoger en hoger, helemaal boven Larry's hoofd. En toen de bal neerkwam, raakte hij mij eerst.

'Nee, hij raakte mij eerst.'

Norbert heeft gelijk. De bal raakte hem eerst.

'Dat deed pijn! Ik moest naar de keuken voor een koud, nat doekje.'

De bal ketste af op Norbert en raakte de binnenkant van de doelpaal. En vlak voor meneer Stern affloot, zat de bal achter in het doel!

Het was 3-2. Wij hadden de wedstrijd gewonnen! Op de volgende schoolbijeenkomst zou onze ploeg een beker krijgen, en elke speler ook nog een erelintje. Nick en Victor sloegen me op de schouder. Mevrouw Scathely bleef maar op en neer springen aan de zijlijn. En het leukst van al, maar wel een beetje gênant, was dat Miranda naar me toe kwam strompelen en me voor de ogen van iedereen kuste.

'Nee, ze kuste mij,' bromde Norbert.

Mijn achterwerk deed nog altijd pijn, maar het was het waard.

De Poema's sjokten weg om hun wonden te likken … of om nog wat kauwgum in te slaan voordat de bel ging. De middagpauze was bijna voorbij. Tijd om ons om te kleden. Ik was verkleumd en vies, en vooral bang voor wat er na school zou gebeuren.

Herinner je je nog de eerste keer dat je iets deed waarvan je wist dat het fout was? Met opzet te laat thuisgekomen, of in een tijdschrift gekeken dat niet voor kinderogen bestemd was, je geld voor de melk uitgegeven aan snoep, een sigaret gepaft of een vies woord hardop gezegd? En dat je dan je adem inhield en wachtte tot de hemel op je hoofd zou neerkomen?

Zo voelde ik me toen. Ik had de Poema's diep beledigd …

Eigenlijk had Norbert dat gedaan, maar dat wisten zij niet. Wat hen betrof, was ik schuldig. Ik was degene die ze met de grond gelijk zouden maken.

Die middag verliep als in een droom. Mevrouw Scathely keek ons stralend aan terwijl ze snoepjes uitdeelde.

Meneer Duschene, de leraar wiskunde, straalde daarentegen allesbehalve. Hij deelde ook geen snoepjes uit, maar straf.

'Geef het getal achtenveertig in het zestallige stelsel, Dingwall,' zei hij.

Ik staarde hem aan. Joost mag weten wat dat betekende.

'Waarom zou ik dat doen, meneer?' vroeg ik. De klas gniffelde.

Meneer Duschene fronste de wenkbrauwen.

'Omdat ik het je vraag, Dingwall,' zei hij.

Victor zit achter me in de les wiskunde.

'Honderdtwintig,' fluisterde hij. Victor is goed in wiskunde. Zijn antwoord zou best wel eens goed kunnen zijn. Het klonk belachelijk, maar een heleboel wiskunde klonk belachelijk. Ik begreep niets van de verschillende talstelsels, en hoe tien maar een referentiegetal is, zodat zes soms tien is, maar soms is acht tien, en nog een andere keer is twaalf tien.

'Zou het je een eindje op weg helpen als ik je vertelde dat zesendertig honderd is, Dingwall?' vroeg meneer Duschene.

'Is dat zo?'

'In dit geval wel, ja.'

Ik voelde me als Alice in Wonderland.

'Dan moet ik u bekennen, meneer, dat ik daar niet veel aan heb.'

'Komaan, Dingwall. Je verspilt onze tijd meestal niet met slimme antwoorden. Snap je dat zesendertig honderd is?'

'Maar meneer, een paar minuten geleden legde u ons uit dat vierenzestig honderd is.'

'Ja.'

'En daarvoor ... daarvoor was *negen* honderd.'

'Ja.' Hij lachte dat typische lerarenglimlachje: uit de hoogte, maar verdraagzaam, met meer medelijden dan boosheid. Het was per slot van rekening mijn schuld niet dat ik dom was.

'Elk cijfer kan honderd zijn, Dingwall. In talstelsel twee is vier honderd.'

'O.'

Was er nog iets waar je op kon rekenen? Was er nog een constante in het leven? Wie zei ook weer dat cijfers niet kunnen liegen? Honderd is een eenvoudig en duidelijk getal, makkelijk te begrijpen. Een dollar is honderd cent, een sprint honderd meter lopen. En nu werd dit simpele getal net zo glibberig als een nat stuk zeep. Wat een chaos! En net als je begint te wennen aan zijn nieuwe grootte – nu bijvoorbeeld is het vierenzestig – ontdek je dat het in werkelijkheid zesendertig is. Of eenentachtig. Of vier. Ik voelde me verraden door iets wat ik blindelings vertrouwd had. Het deed me denken aan de dag dat ik thuiskwam en ontdekte dat mijn vader niet meer bij ons woonde. Iets waarvan ik gedacht had dat het altijd zou blijven duren, was plotseling verdwenen. En mijn leven was daarna nooit meer hetzelfde.

Mijn vader, honderd ... wat was het volgende?

'Dus in basis twee is een dollar vier cent waard? En een hardloper rent de vier meter sprint? Klopt dat, meneer?'

De klas gniffelde opnieuw.

'En de Top Honderd telt maar vier nummers? Echt te gek, meneer!' Ik legde mijn hoofd in mijn handen.

Ergens achter me klonk Nicks stem: 'Goed gevonden, Pieper!'

De klas barstte in lachen uit. Ik draaide me om en keek Nick dreigend aan. Dit was Norbert niet die iets zei, dit was ik.

'Je kunt vanavond nablijven, Dingwall,' zei meneer Duschene. 'Zo'n honderd minuten … in talstelsel vijf. Eens kijken of je dat kunt berekenen.'

Meneer Stern schudde mij de hand in de les sport.

'Ik ben zo blij dat jullie vandaag gewonnen hebben,' zei hij tegen Victor en Nick en Dylan en mij. 'Er komt een heel spe-

ciale gast naar onze volgende schoolbijeenkomst. Een oude alumnus ... waarschijnlijk wel onze beroemdste alumnus. Hij zal jullie de beker overhandigen. Ik zou niet willen dat hij dacht dat de Poema's het uithangbord zijn van wat onze school tegenwoordig te bieden heeft.'

'Nee, meneer,' zei ik. Ik vroeg me af wie op deze school afgestudeerd was en daarna beroemd geworden. Niemand, voor zover ik wist. Ik vroeg het aan Victor na de laatste bel.

'Wie is de speciale gast op de schoolbijeenkomst?' vroeg ik.

Hij wist het ook niet.

'Man, hoe ga jij ooit ontsnappen aan de Poema's?' zei hij hoofdschuddend. 'Tegen de schoolbijeenkomst leef je niet meer.'

Onze kastjes staan naast elkaar. Hij was zijn boeken netjes op de plank van zijn kastje aan het stapelen: de grootste onderaan, de kleinere erbovenop. Een keurige piramide. Dat doet hij altijd zo. Ik niet, ik gooi mijn boeken in mijn kastje. Gewoonlijk belandt de zwaarste wel vanzelf onderaan.

'Wel, wie is onze beroemdste oud-leerling?' vroeg ik.

'Ik weet het niet. Wat is een alumnus?'

Goeie, ouwe Victor. Hij weet zoveel over sommige dingen en bijna niets over de rest. Vraag hem iets over computers en hij geeft je alle informatie tot in de kleinste details. Of over seks. Ik vraag me soms af of hij het niet allemaal uit zijn duim zuigt, maar hij klinkt in elk geval wel als een expert.

'Een alumnus van onze school is iemand die hier vroeger naar school gegaan is,' zei ik.

Ik hield mijn wiskundeboek, gooide de rest in mijn kastje en sloot de deur. Victor had moeite om zijn jasje dicht te krijgen. Zijn kleren zijn altijd een tikkeltje te klein. De knopen van zijn hemd moeten veel harder werken dan de mijne. Toen ik hem vroeg waarom hij geen maat groter nam, zei hij: 'Waarom? Zo dik ben ik niet. Ik raak nog makkelijk in een medium.'

Grappig, maar in een medium lijkt hij juist dikker dan hij is.

'Mijn vader is hier naar school gegaan,' zei hij. 'Jaren geleden.'

'Victor, je vader heeft een supermarkt in Division Street! Ik praat over iemand die beroemd is. Iemand die zelfs jij en ik kennen.'

Hij dacht een minuut na. 'Maar Alan, we kennen allebei mijn vader.'

Victor snapte het niet.

'Iemand die nog beroemder is dan je vader,' zei ik. 'Iemand die in het avondjournaal komt. De eerste minister of Shania Twain, zo iemand.'

Hoewel het waarschijnlijk niet zo iemand zou zijn, want dan hadden we het allang gehoord.

'Ik wist niet dat Shania Twain hier naar school gegaan is,' zei Victor. 'Ik dacht dat ze meer in het noorden woonde. Shania Twain, de countryzangeres?'

'Vergeet het.' Ik sloot mijn ogen en haalde eens diep adem. 'Alsjeblieft, vergeet het.'

'Komt Shania Twain naar onze school?'

'Hé!' Victor riep naar iemand aan de andere kant van de gang. 'Raad eens wie morgen naar de schoolbijeenkomst komt?'

De allerlaatste bel ging. Ik moest naar mijn strafstudie.

'Snel, Victor. Wat is honderd in het talstelsel vijf?' vroeg ik.

Papier praat niet

De Poema's hadden het schoolplein al verlaten toen ik eindelijk naar huis mocht. Ik keek voorzichtig om me heen, maar kon geen spoor van hen ontdekken. Gewoonlijk lieten ze wat verse kauwgum of een paar graffiti achter om ons aan hun bestaan te herinneren. Ik nam nog altijd de lange weg naar huis. Het was een kille, grijze dag. Het zou sneller gaan via King Street, de weg die ik gewoonlijk nam, maar ik wilde Gary en Prudence niet tegenkomen. Ik zou ze vroeg of laat toch onder ogen moeten komen, maar ik dacht dat hun woede wel zou bekoelen als ik maar lang genoeg uit hun buurt bleef. Misschien zouden ze me dan laten leven.

Er hing veel stof in de lucht. Ik boog mijn hoofd en kneep mijn ogen dicht. Norbert niesde en zei sorry.

'Goed,' zei ik. Ik was niet zo blij meer met Norbert. Het was allemaal zijn schuld. Hij was de oorzaak van mijn problemen.

'Ik snap het niet,' zei hij na een poosje.

'Wat?'

'Iedereen noemt je Pieper, maar ik snap het niet. Eigenlijk klink je helemaal niet als gepiep.'

'Ze noemen me niet *allemaal* Pieper!' protesteerde ik heftig. 'Een paar kinderen maakten zo'n opmerking, dat is alles. Bovendien noemen ze *jou* Pieper, niet mij!'

'Waarom zouden ze mij Pieper noemen?' Hij leek oprecht verbaasd.

'Om je piepstemmetje, natuurlijk.'

'Maar ik héb geen piepstem! Op Jupiter vinden ze mijn stem juist diep en vol.'

Daar had ik niets op te zeggen.

'Hoe dan ook,' ging Norbert verder, 'ik denk dat Miranda een oogje op me heeft.'

'Op jou?'

'Ze heeft me gekust, of niet soms? Terwijl de hele ploeg erbij stond. Ja, ik denk dat ze een oogje op me heeft, Pieper.'

Ik zuchtte.

Het regende hard die avond. Ik stond voor het keukenraam, keek naar het water dat van onze drooglijn drupte en luisterde naar het verre gerommel van de donder. Mijn moeder was aan het bellen. De avonden bij ons zijn gewoonlijk aan de saaie kant. Ik heb geen broers of zussen en mijn moeder is bijna altijd met haar werk bezig.

Ik legde een paar koekjes op een schotel en schonk voor mezelf een glas melk in.

'Van koekjes en melk wordt je maag zacht als zijde,' zei mijn vader altijd. Natuurlijk zei hij dat ook over kaaskorstjes uit de oven en melk, of over een koolslaatje en melk, kortom, over alles wat hij at.

Mijn moeder hing op en ging verder met haar werk.

'Deed jij vroeger mee aan sportwedstrijden op school?'

vroeg ik haar. We hadden aan tafel een beetje over de voetbalwedstrijd gepraat.

Mijn moeder antwoordde niet.

'Ik vraag me af hoe de erelintjes van het kampioenschap
eruitzien,' ging ik verder. 'Soms zijn ze blauw, soms goud-
kleurig. Ik hoop dat het gouden lintjes zijn.'

Mijn moeder maakte haar typische geluid dat aangaf dat ze
het wel gehoord had, maar er niet veel aandacht aan wilde
besteden. De keukentafel lag volgestouwd met dossiers van
'sociale gevallen'. Ik schoof ze opzij om plaats te maken voor
mijn schotel met koekjes. Zonder op te kijken vroeg ze me
om een beetje voorzichtiger te zijn.

'Het zijn maar dossiers,' zei ik.

Ze ging meteen rechtop zitten. Nu had ik haar aandacht.
Ze sprak traag, voorzichtig, kwaad.

'Dat zijn geen dossiers. Dat zijn menselijke wezens. Ze bestaan niet alleen op papier, ze zijn van vlees en bloed. Elk van
deze dossiers is in werkelijkheid een levende, ademende persoon met problemen. Waag het niet nog een keer om hen *dossiers* te noemen. Je bent zo … zo ongevoelig.' Dat is haar ergste
scheldwoord.

Ik wilde zeggen: 'En ik dan, mama? Ik ben ook een mense-
lijk wezen.' Maar ik kon het niet. Ik was bang om te horen dat
de papieren en kartonnen wezens op tafel belangrijker voor
haar waren dan ik.

Natuurlijk waren ze makkelijker in de omgang. Ze gaven
geen antwoord. Ze morsten geen koekjeskruimels, vergaten

niet hun bed op te maken, bleven niet lang weg van huis en gebruikten geen vieze woorden.

Ze waren misschien wel levende, ademende personen, maar dan toch vreselijk rustig. Ze namen niet veel ruimte in beslag. En als je ze beu werd, kon je ze altijd opvouwen en wegleggen.

Ik at mijn koekjes met melk in stilte op en ging toen naar mijn kamer. Het begon harder te regenen. De wind stak op en ik zag de ceders aan de overkant van de straat heen en weer zwiepen. Er zaten mussen in de plassen. Plotseling werd de donkere hemel opgeschrikt door een bliksemflits. De donder kwam dreunend dichtbij. Ik huiverde.

'Doet me aan thuis denken,' zei Norbert met een diepe zucht.

'De regen?'

'Nee, de donder. Op Jupiter dondert het altijd.'

'Vertel nog eens iets over Jupiter,' zei ik. 'Heb je heimwee?'

'O ja.' Hij zweeg even.

Ik vroeg me af hoe ik me zou voelen, zeshonderd miljoen kilometer van huis.

'Waar ik het meest aan zit te denken, zijn de geuren van thuis. Geuren kun je je het best herinneren. Op Jupiter vind je overal bloemen en winkels die kaas verkopen. Ah!'

Ik wist niet wat ik van die kaas moest denken, maar goed.

'Weet je wat ik altijd zo lekker vind?' zei ik. 'Ik hou van de geur van chloor. Zwembaden ruiken naar chloor.'

'O, ja. Chloor ruikt zalig. En brandend hout in de open haard. Vooral appelhout is lekker.'

Norbert had gelijk. Geuren blijven stevig in je geheugen geprent.

'Is het daarom dat je beslist hebt om in mijn neus te komen wonen?' vroeg ik. 'Om dicht bij de geuren te zitten?'

'Ik zit hier omdat ik hier goed pas. Het is echt een geweldige plek voor me. Jupiter is een grote planeet, maar een tikkeltje overbevolkt. Hier hoef ik me gewoonlijk geen zorgen te maken over indringers. Hola!'

Snel trok ik mijn vinger terug. Ik stond er even niet bij stil wat ik aan het doen was.

'Sorry.'

'Van welke geuren hou jij nog meer?' vroeg hij.

Ik deed mijn ogen dicht en probeerde me iets te herinneren.

'Sinaasappelen met Kerstmis,' zei ik. 'En gras op een vroege zomerochtend.'

'En wat vind je van spek?'

'Ja, spek ruikt ook niet slecht. Een beetje zoet en gerookt tegelijk.'

We hadden al een hele tijd geen spek meer gegeten. We aten het wel vaker toen mijn vader nog bij ons woonde. Mijn moeder zegt dat spek een heleboel afval geeft en dat het niet eens gezond is.

'Chips met speksmaak zijn ook lekker.'

'Of zure room met uien. Mmmmm.'

We hadden dit gesprek al verschillende keren gevoerd.

'En wat vind je van dat oude boek dat ik gisteren in de bieb opensloeg?' vroeg ik. 'Weet je nog, die grote, oude atlas met grappige figuurtjes op de kaarten. Ik ben gek op die pittige, stoffige geur. Het rook naar geheimen.'

'Of de achtbaan op de kermis. Stro en snoep en smeerolie en heel veel mensen. Dat rook naar opwinding.'

'Of de eerste warme dag van het jaar na maanden en maanden winter. De dag dat je voor het eerst je dikke jas uittrekt en de zon op je rug voelt gloeien. En al die groeiende dingen die door de koude, natte aarde heen komen piepen ... Dat ruikt naar hoop.'

'Warm brood, pas uit de oven.'

'Lakens die buiten aan de lijn te drogen hebben gehangen.'

'Of de geur van je moeder als ze zich 's avonds over je heen buigt om je een nachtzoen te geven. Haar haar en de geur van haar wang tegen de jouwe.'

De geur van liefde. Ik knikte zonder iets te zeggen.

Norbert praatte graag over Jupiter, maar hij kreeg er flink heimwee van.

'Waarom ga je niet naar huis?' vroeg ik hem.

Hij zei dat hij dat zeker zou doen, op een dag. Hij zou het jammer vinden om de plek in mijn neus te moeten verlaten, maar hij miste zijn ouders te veel. Ik praatte ook over mijn ouders. Ik vertelde hoe verknoeid ze waren en hoe erg ik het vond dat ze niet meer samen waren. En dat ze niet echt van me hielden. Vooral mijn vader niet.

Wat is dat toch met vaders? Zij zijn degenen die ervandoor gaan, dus wat maakt het eigenlijk uit of ze van je houden? Je zag ze toch al nooit toen ze nog thuis waren en je ziet ze nog minder nadat ze weggegaan zijn. Ik weet het niet, maar voor mij zou het toch een groot verschil maken als mijn vader zou zeggen dat hij van me hield. Eén keer maar. Iedereen met gescheiden ouders begrijpt precies wat ik bedoel.

Mijn moeder is anders. Zij houdt van iedereen. Het zou wel leuk zijn om te horen dat ze meer van mij houdt dan van iemand anders … en meer dan van haar werk. Maar ik maak me geen *zorgen* over haar liefde. Misschien omdat ze er elke dag is en me zegt dat ik mijn kamer moet opruimen. Misschien omdat moeders, hoe zal ik het zeggen, moeders zijn? Maar mijn vader ... Kost het hem dan zoveel moeite om me eens een knuffel te geven? Eentje maar? Of om te zeggen dat hij van me houdt?

Het was echt een hevige storm. De hemel scheurde open als een kartonnen doos en stortte pakken regen over alles uit. De wind rammelde aan de ramen en huilde om de schoorsteen.

'Hoor de wind buiten,' zei mijn moeder terwijl ze me toedekte. 'Het klinkt alsof de winter al begonnen is.'

'Ik ben blij dat ik binnen zit,' zei ik. Ze kuste me en sloot de deur achter zich.

'Geen weer om een hond door te jagen,' zei Norbert.

Mijn moeder stak haar hoofd weer naar binnen.

'Zei je nog iets?'

'Nee, alleen welterusten,' zei ik.

'Welterusten.'

Goed zo, Pieper!

De volgende dag was het weer helder en rustig. De grond was bedekt met een dun ijslaagje. Mijn voetstappen klonken alsof ik op dunne glasscherven liep. Ik was op weg naar Victors huis. Zijn moeder deed de deur open.

'Hallo, dag leuke jongen,' zei ze met een extra brede glimlach. 'Victor is al weg. Hij is vanmorgen met zijn vader meegereden.'

'O.'

Ik vroeg me af wat er aan de hand was. Victor had er een bloedhekel aan om met zijn vader mee te rijden in de bestelwagen van de supermarkt. Gewoonlijk wachtte hij op mij en gingen we samen te voet.

'Dan ga ik maar,' zei ik.

'Veel plezier op de schoolbijeenkomst vanmiddag. Ik heb gehoord dat het goed wordt. Ik heb zin om zelf te komen.'

Waar had ze het eigenlijk over? Ik zwaaide en vertrok.

De hele weg naar school liep ik in mijn eentje. Ik kwam nog net op tijd aan. Zo meteen zou de bel gaan. Het schoolplein gonsde van de praatjes. Groepjes kinderen en leraren zoemden even tegen elkaar, stopten en vormden nieuwe groepjes.

'Ik hoop dat ze "Don't be stupid" zingt.'

'Het schijnt dat ze met iets nieuws bezig is.'

'Wat zou ze aanhebben?'

'... in al die oude jaarboeken en ik vind haar niet.'

'Misschien is het haar echte naam niet.'

Over wie hadden ze het? Ik liep naar het dichtstbijzijnde groepje en vroeg wat er aan de hand was.

'Heb je het dan niet gehoord?' zeiden ze. 'Weet je het dan niet, van die speciale gast op onze schoolbijeenkomst?'

'Iemand die hier vroeger naar school is gegaan,' zei ik. 'Maar ik weet nog niet wie.'

'Wel, het is ...'

De bel ging en mijn informant rende snel weg zonder het me te vertellen.

Ik zag Victor in de rij staan.

'Wat had je vanmorgen?' vroeg ik. 'Ik kwam je halen en je moeder zei dat je al weg was.'

'Sorry, Alan, het is omdat … Ik was bang. Je weet dat de Poema's gezworen hebben om je af te maken. Voor al die opmerkingen tijdens de wedstrijd gisteren.'

'O.'

'Waarom heb je dat gedaan, Alan? Je hebt hen woest gemaakt. Vooral Prudence. Je kent haar … Ze vermoordt je. En ik … ik wil niet dat ze denkt …'

'Dat je mijn vriend bent? Want dan vermoordt ze jou ook?'

'Hm … ja.'

'O,' zei ik.

'Alleen maar tot ze je in elkaar getimmerd heeft, hoor. Daarna ga ik weer met jou naar school.'

'Heel erg bedankt, Vic.'

'Behalve als je niet meer kunt lopen, natuurlijk. Dan rijden we met mijn vader mee. In de bestelwagen.'

Ik knikte. 'Dank je wel. En dan naar uien ruiken, zeker?'

Zijn gezicht betrok. Zijn ogen speurden de rij af en toen snuffelde hij stiekem aan zijn handen en onder zijn oksels.

'Ruik ik naar uien? Echt?'

Arme Victor.

'Ik maakte maar een grapje,' zei ik.

'Nee, echt, plaag me niet. Ruik ik naar uien?'

Een leraar zei dat we op onze plaats in de rij moesten gaan staan. Ik liet Victor achter, die bleef snuffelen en toen aan de jongen achter hem vroeg of hij soms uien rook.

'Hallo,' zei Miranda. Ik zei hallo terug en glipte achter haar in de rij.

'Dat wordt een geweldige schoolbijeenkomst,' zei ze. 'Ik ben zo blij dat we de wedstrijd gewonnen hebben. Zij gaat ons de beker overhandigen ... en ons een hand geven. Is dat niet geweldig?'

'Wie?' vroeg ik. 'Over wie is iedereen toch de hele tijd bezig?'

De bel ging opnieuw. Tijd om naar binnen te gaan. We begonnen vooruit te schuifelen. Miranda was nog voorzichtig met haar enkel, zag ik. Ze fluisterde over haar schouder: 'Shania Twain! Is dat niet geweldig?'

'Wauw! Fantastisch!' zei Norbert.

'Zo enthousiast, Pieper. Leuk dat je ook van countrymuziek houdt!' Ze glimlachte naar me.

'Er is een deel van mij dat er echt van houdt,' zei ik. 'Iets diep in me.'

'Dat wist ik niet. Jij zit vol verrassingen, is het niet?'

Daar antwoordde ik maar niet op.

'Ik dacht dat Shania van Timmins was. Ik heb nooit geweten dat ze hier naar school is gegaan.'

De ochtend verliep verder zonder noemenswaardige gebeurtenissen, behalve dan die heisa over countrymuziek die maar niet wilde wegebben. Norbert was net zo erg als de anderen. Ik probeerde hem aan het verstand te brengen dat Shania Twain niet zou komen, maar hij wilde me niet geloven. Telkens als hij iemand iets over haar hoorde zeggen, raakte hij er meer van overtuigd. En het werd er niet beter op toen de directeur ons die ochtend nog even herinnerde aan de schoolbijeenkomst.

'Het wordt een geweldige show,' zei meneer Omerod. 'Ik hoop dat jullie er allemaal naar uitkijken om deze opmerkelijke persoon te ontmoeten.'

We hadden het over flora in de les biologie. Planten dus. Dieren zijn fauna. Niet echt interessant, dat kan ik je verzekeren. Zelfs mevrouw Scathely leek zich te vervelen. Ze liep door de klas en vroeg ons een paar bomen op te noemen.

'Hebben jullie een boom in jullie tuin?' vroeg ze.

Er kwam een alsmaar groeiende lijst van bomen op het bord te staan. Ik weet niet meer waar ik aan dacht toen ze het mij vroeg. Mijn verstand stond op nul. Ik kon niet één boom bedenken. Niet één. Ik keek naar het bord om te zien of de lijst houvast bood, en toen schoot me een naam te binnen: de Noord-Amerikaanse iep. Dat is de boom op het schoolplein, die waar de bullebakken altijd rondhangen voor de school begint. Ik zag in gedachten Prudence staan: haar haar in vlechten, een gezicht zonder glimlach, een sweater en een lange broek die mooi bij elkaar pasten, zware schoenen. Perfect om mee te schoppen, dacht ik.

'Alan,' hielp mevrouw Scathely. 'Let je wel op?'

Om me heen hing een slaapverwekkende stilte. Pure verveling. Het kon niemand wat schelen of ik aan het opletten was of niet. En toen, toen er niets bruikbaars in mijn hoofd bleek te zitten, kwam Norbert op de proppen.

'Wat dacht je van een *stamboom?*' vroeg hij.

De klas kwam zachtjes in beweging. Mevrouw Scathely glimlachte.

'Ik denk niet dat dát het soort bomen zijn waar we het vandaag over hebben, hè, Alan,' zei ze.

'Dat is het soort bomen dat we op Jupiter hebben,' zei Norbert.

'Wát zeg je?'

'Ah, de bomen op Jupiter! De rijke boom der kennis, de boom waar de appel nooit ver vandaan valt, de enorme kracht van de hefboom, de poessieboom waar je de kat uit kunt kijken, de heerlijk geurende kauwgumballenboom, het trieste veld slagbomen of de zachte, zoete slagboomtaarten. En in elke familie, weliswaar minder vruchten dragend dan vroeger, maar nog altijd in bloei en verder vertakkend: de unieke stamboom. O, ik wou dat ik er nooit was weggegaan!'

Hij zuchtte.

Nu was de klas goed wakker. De meesten gniffelden. Ik bloosde mijn typische Dingwallblos, maar verroerde me niet. Eigenlijk was het leuk om mensen aan het lachen te maken. Zonder zelfs maar mijn mond open te doen.

'Wat zijn slagboomtaarten?' vroeg mevrouw Scathely.

'Die zijn zalig. Taartjes en eclairs en cake in laagjes ...'

'Je bedoelt gebakjes,' zei ze lachend.

'Dat zei ik toch, of niet?'

Mevrouw Scathely zei niets over Norberts piepstem. Ze leek hem zelfs niet op te merken. Ze leunde achterover tegen haar lessenaar.

'Dat wordt boeiend. Ik kan me wel een beetje voorstellen hoe slagbomen en kennisbomen eruit zouden zien, als ze echt tot de flora zouden behoren. Weet je wat? We maken er een spelletje van. Kan iemand een ander soort boom bedenken die ze op Jupiter kunnen hebben? Wacht, ik heb er zelf een.' Ze liep naar het bord en tekende een boom met fopspenen en papflesjes aan de takken.

Niemand zei iets. Toen tekende ze een paar baby'tjes aan de takken.

Hebbes! Een babyboom.

'Natuurlijk, een babyboom,' zei Norbert. 'Die hebben we op Jupiter ook. Wat een verschil met de bejaardenboom, met zijn grijze bladeren en zijn knokige takken.'

De klas barstte in lachen uit. Miranda begon te applaudisseren en algauw deed iedereen mee.

'Goed zo, Pieper!' riep iemand achter in de klas.

'Wie is Pieper?' vroeg mevrouw Scathely. En iedereen behalve ikzelf, ook Norbert, riep mijn naam.

'Wel, Pieper, jij maakt van Jupiter tenminste een interessante plek,' lachte mevrouw Scathely.

Het soort grapjes van de directeur

Onze directeur, meneer Omerod, stond breed glimlachend achter de microfoon.

'Nu zou ik graag van jullie allemaal een warm Edgewood Senior Public School-applaus willen voor kapitein Sid Allinson.'

De lange vreemdeling op het podium, de kerel die we hadden proberen te identificeren, stond op. Hij was breedgeschouderd en had een verzorgd gezicht en kortgeknipt haar. Hij droeg een blauw uniform met rode prullaria op de schouders. Bescheiden boog hij het hoofd. De directeur klapte in zijn handen.

Arme kapitein Allinson. Het was niet meteen een warm, spontaan applaus dat het dak van het auditorium blies. Niemand viel van zijn stokje. Niemand stormde het podium op. Niemand liet een schril gefluit horen. Integendeel, het hele auditorium loste op in een deinende zee van ontgoocheld gemompel.

'Wie is dat?'

'Wat heeft hij gedaan?'

En daarop draaiden ruim driehonderd hoofden zich naar hun buur en fluisterden: 'Waar is Shania Twain?'

Vanwaar ik zat, helemaal vooraan om straks mijn erelintje in ontvangst te nemen, klonk het als het luide, teleurgestelde opslurpen van het laatste bodempje milkshake. De directeur ging verder.

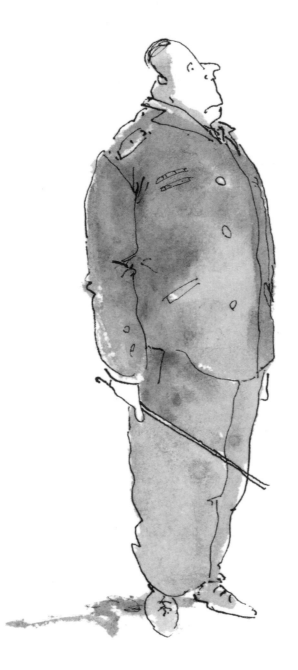

'Ik herinner me Sid nog in 1979, toen ik fysica gaf. Hij was een enthousiaste hoogspringer, maar wist ik toen veel dat hij zou eindigen in de ruimte! Dat is een behoorlijk indrukwekkende sprong ... zelfs met de hulp van een raket.'

Meneer Omerod glimlachte. Dit was nu typisch een grapje van de directeur. Kapitein Sid herkende het en lachte beleefd. De rest van het publiek was nog te ontgoocheld om te reageren.

'Natuurlijk hebben jullie Sids heldendaden gevolgd in de kranten,' zei de directeur. 'Als derde Canadese ruimtevaarder heeft hij ons land op een waardige, eervolle manier vertegenwoordigd. Zijn missie met de NASA was een onverdeeld succes. Het ruimteveer Columbia slaagde volledig in zijn opdracht: een slecht werkende satelliet repareren. Sid en de rest van de crew ontmoetten de ... euh ...' Hij keek even opzij.

'Was het de vice-president?' Sid knikte.

'De vice-president van de Verenigde Staten. Sid had ook een afspraak met de eerste minister in Ottawa. Nu is hij weer thuis en wil hij zijn faam en zijn kennis gebruiken om schoolkinderen iets bij te brengen over de ruimte en over wetenschappen. Een ongelooflijk voorbeeld voor de jeugd van vandaag. En dan te bedenken dat hij ooit een leerling van deze school was! Hij zat waar jullie nu zitten. Zet dat jullie niet aan het denken over wat je in je eigen leven nog van plan bent te doen? Op een dag beland je misschien ook waar hij nu zit.'

Stilte. En toen, vanuit het beschermende duister achter in de zaal, kwam een klaaglijke stem: 'Maar kan hij ook zingen?'

Niemand durfde te lachen.

De directeur fronste het voorhoofd. Kapitein Sid liep naar de microfoon toe en probeerde een paar noten. Hij leek een beetje nerveus. Het lauwe onthaal was ook niet echt een aanmoediging. Hij was op dat ogenblik misschien liever ver weg in de ruimte geweest. Ik durf te wedden dat de meeste mensen liever in een raket zouden zitten dan achter een microfoon te staan op een schoolbijeenkomst.

Ik weet niet of Sid, zoals we hem mochten noemen, ooit begrepen heeft wat er precies aan de hand was. Geruchten verspreiden zich als het zaad van onkruid. Het had amper een dag geduurd voor de hele school – van de kleine Marianne Macadam, die in haar opbergkastje kon, tot meneer Valentine, onze studiebegeleider en een groot liefhebber van countrymuziek – Shania Twain op het podium verwachtte.

De kapitein nam een slechte start.

'Hallo, jongens en meisjes,' zei hij.

Er zou een handleiding moeten bestaan voor gastsprekers op schoolbijeenkomsten. Spreek jongens en meisjes nooit aan met 'jongens en meisjes'. Noem ze ook geen 'kinderen'. De correcte begroeting op een schoolbijeenkomst is gewoonweg 'Hallo'. Behalve als je beroemd bent. Dan zeg je: 'Hallo, ik ben Shania Twain.'

'Ik ben euh … een kapitein,' zei hij, terwijl hij naar zijn uniform wees, 'maar ik heb nooit op een boot gezeten.' Hij stopte opnieuw. De directeur lachte, dit was zijn soort humor.

De rest van ons gaf geen kik. De kapitein gluurde naar zijn notities.

'Nu, jongens en meisjes, zou ik jullie een paar heel interessante dia's willen laten zien die ik tijdens mijn reis in de ruimte gemaakt heb.'

Achter hem schoven de gordijnen open om een groot, wit scherm te onthullen. Vorige maand had een verpleegster van Volksgezondheid ons op datzelfde scherm dia's laten zien van zwartgeblakerde, wegterende longen.

We zuchtten en zakten onderuit in onze stoel. De ontgoocheling maakte plaats voor berusting. Nu wisten we tenminste waar we aan toe waren. Alweer een diavoorstelling … wat uiteindelijk nog altijd beter was dan een les biologie.

Victor zat naast me. Ik vermoedde dat hij het in het donker helemaal geen probleem vond om in mijn buurt te zijn.

Ik fluisterde: 'Weet je, nog liever je vader op dat podium dan deze kerel! Hij had tenminste een paar proevertjes kunnen meebrengen.'

Toen gingen de lichten uit. Op het scherm verscheen een reusachtige sterrenhemel.

Zowat halverwege de voorstelling werd Norbert wakker. Hij had zoals gewoonlijk een middagdutje gedaan. Dat was het deel van hem dat nog maar drie jaar oud was. Soms ging er een hele middag voorbij zonder dat ik ook maar één piepje van hem te horen kreeg. Hoe dan ook, het was pas toen we aan het luisteren waren naar wat kapitein Sid ons allemaal over sterrenbeelden te vertellen had, dat ik de vertrouwde prikkeling in mijn neus voelde.

'Wat is er aan de hand?' fluisterde Norbert. Het was niet echt gefluister, meer een zoemend geluid. Victor en Miranda, die aan de andere kant van me zat, waren waarschijnlijk de enigen die het ook konden horen.

'Je hebt beloofd me wakker te maken als de bijeenkomst begon!'

'Sssst,' fluisterde ik.

'Zeg!' Ik voelde mijn neusgaten tintelen. Norbert leek behoorlijk van streek.

'Dat is Shania Twain niet,' zei hij nu duidelijk verstaanbaar. O nee!

'Rustig, Norbert,' fluisterde ik, terwijl ik vooroverboog op mijn stoel.

'Voel je je niet goed?' vroeg Miranda. Ze keek achter mijn rug veelbetekenend naar Victor.

'Komt Shania Twain later?'

'Ja,' fluisterde ik. 'Later.' Later, vanavond op televisie. 'Wees nu even rustig en luister.'

Op dat moment lag bijna iedereen in de zaal al half in slaap. Zelfs de directeur – je kon zijn silhouet zien in de golven licht tussen de dia's door – had een paar keer stiekem zitten geeuwen. Kapitein Allison mocht dan een groot astronaut en voorbeeld zijn, een boeiend spreker was hij niet echt.

'De sterrenbeelden vertegenwoordigen maar een klein gedeelte van de sterren die je 's nachts ziet. De sterrenbeelden bestaan allemaal uit vaste sterren. Ze veranderen niet door de jaren of de eeuwen heen. Maar de meeste sterren zijn niet vast. Ze zijn euh … hoe zal ik het zeggen …'

'Gebroken?' onderbrak Norbert hem met luide stem.

Er ging een onderdrukt gegiechel door de zaal. Kapitein Allison glimlachte voorzichtig.

'In beweging,' zei hij. De kapitein gebruikte een lichtpen om op de dia's aan te wijzen waarover hij aan het praten was.

'Deze sterren,' zei hij terwijl hij met het lichtje over het midden van het beeld streek, 'vormen het sterrenbeeld dat de oude Grieken naar de grote jager Orion hebben genoemd. Deze drie sterren op een rij hier zouden zijn riem moeten voorstellen.'

'Dat is niet waar!' riep Norbert veel te luid. Tja, hij is een ervaren ruimtereiziger.

De directeur schoot overeind. Iedereen ging rechtop zitten.

'Kijk eens goed! Ziet dat er soms als een jager uit?'

'Je kunt je beter een beetje gedeisd houden, Pieper,' fluisterde Miranda.

'Ik kan er niets aan doen,' fluisterde ik terug. 'Dat is Norbert die praat. Ik niet.'

De kapitein tuurde de zaal in, maar kon me niet zien in het donker. Blijkbaar was hij goed in onderbroken worden.

'De Grieken hadden een geweldige fantasie,' zei hij.

'Of geweldig slechte ogen.'

Veel mensen konden Norbert nu horen. Hier en daar klonk gegiechel. Een paar leraren riepen 'ssst!'.

'Ik ga naar buiten,' fluisterde ik.

'Zal ik meegaan?' Miranda klonk bezorgd.

'Laat hem maar alleen gaan,' zei Victor.

Ik krabbelde overeind uit mijn stoel en begon mij langs de lange rij naar buiten te wurmen.

'Sorry,' mompelde ik tegen mijn klasgenoten. Met een beetje geluk haalde ik de deur. Maar Norbert wilde niet van ophouden weten.

'En jullie kennis van ruimtenavigatie is ongelooflijk primitief. Op mijn ruimteschip ...'

Kapitein Allison liet een nieuwe dia zien. Ik was bijna aan het eind van de rij.

'En hier,' zei hij, 'hebben we een bekend sterrenbeeld.'

'Aha, de Pan Chocolademelk!' Ik bedekte Norbert gauw met mijn hand, maar er waren er genoeg die het gehoord hadden. Er ging een gegrinnik door de zaal. Ik zweer je dat ik iemand 'Pieper' hoorde fluisteren. Zo leek het toch. De directeur liep naar de rand van het podium.

'Wie was dat?' vroeg hij boos. Ik stond ineengedoken en het was te donker om me duidelijk te kunnen zien, maar hij staarde wel in mijn richting.

'Ursa Minor,' zei de kapitein. 'Kleine Beer. Het lijkt een beetje op een steelpannetje, vinden jullie niet?'

'Hola, waar gaan we naartoe?' Ik kroop nu zo snel ik kon op handen en knieën over het middenpad naar de deuren achter in de zaal.

'Kop dicht!' hijgde ik.

'Ik wil countrymuziek horen!'

Op dat moment duwde ik de deur van het auditorium open. Fel licht stroomde de donkere zaal binnen.

De directeur schreeuwde: 'Daar is hij! Hou hem tegen, iemand!' Maar ik rende al door de gang met mijn hand nog altijd over mijn neus. Ik besloot naar de dichtstbijzijnde toiletten te rennen. Onderweg passeerde ik de conciërge, die vroeg of er iets scheelde.

'Mijn neus bloedt,' riep ik over mijn schouder.

Ik kan niet naar mijn neus gluren zonder scheel te kijken. Dan is een spiegel handiger. En dus stond ik voor de spiegel in de jongenstoiletten op de benedenverdieping en staarde naar waar Norbert zat.

'Ik hoop dat je tevreden bent,' zei ik. 'Besef je wel dat we in de nesten zitten?'

Hij antwoordde niet. Ik had mijn neus helemaal opgetrokken, zoals gewoonlijk als ik verlegen ben of iets vies ruik. De deuren van de wc's waren allemaal dicht, dat zag ik over mijn schouder.

'De Pan Chocolademelk,' zei ik bitter. Norbert antwoordde niet.

Was dat een rookpluimpje dat opsteeg achter een van de wc-deuren? Ik keek wat beter. Ja, dat was het. De hele ruimte stonk trouwens naar rook. Geen wonder dat ik mijn neus helemaal opgetrokken had. Iemand was een sigaret aan het paffen in een van de wc's.

Nee, niet iemand. Meer dan één persoon. Er waren twee rookpluimen. Drie. Alle hokjes waren bezet, maar … door wie? Wie zou hier sigaretten komen roken in plaats van op de schoolbijeenkomst te zitten? Ik had Mary in het auditorium zien zitten.

Ik rende naar de deur, maar stopte toen ik in de gang stemmen hoorde.

'Hij liep die kant op,' zei de conciërge. 'Met een bloedneus. Ik weet niet hoe hij precies klonk … nee. Hij praatte wel grappig.'

O, o.

Ik rende net op tijd terug naar de wc's om het gekis te horen van een sigarettenpeuk die in de pot gegooid werd. En nog een.

'Auw!'

Gary's stem. Hij had zich verbrand, denk ik. Alle toiletten werden doorgespoeld. Ik rende terug naar de deur. De stemmen buiten kwamen steeds dichterbij. Terug naar de spiegel! Mijn hart maakte een reusachtige buiteling in mijn borstkas. Ik voelde mij als een rat in de val. Ken jij één goeie plek om je te verstoppen in de toiletten als alle wc's bezet zijn? Inderdaad. Geen enkele. Het volgende moment gingen de wc-deuren open en Gary, Lary en Prudence kwamen naar buiten. Ze glimlachten. Zelfs Prudence, die anders nooit lacht.

'Besef je wel,' zei ze, 'dat jij in de nesten zit?'

Goed wegkomen

Op zo'n moment denk je aan de gekste dingen.

'Wat doe jij in de jongenstoiletten?' vroeg ik aan Prudence. Ook daarmee maakte ze indruk op me. Ik zou het gênant vinden om de meisjestoiletten nog maar binnen te lopen, laat staan om in een van hun wc-hokjes te gaan zitten roken.

Ze antwoordde niet. Ik liep achterwaarts weg van haar, naar de deur toe. Ik was van plan om de gang in te lopen en mezelf aan de genade van directeur Omerod over te leveren. Soms moet je van twee kwaden het minste kiezen. En een vermaning was lang niet zo pijnlijk als vermoord worden. Zelfs Nelson Mandela zou de dood niet verkozen hebben boven gevangenisstraf.

Ik draaide me om, maar Prudence gaf me niet de kans om bij de deur te komen. Haar hand schoot uit. Sneller dan een slang greep ze me bij de kraag en trok me achteruit. Ik hapte naar adem toen de rand van mijn T-shirt in mijn hals sneed. Prudence bleef trekken tot ik struikelde en op de grond viel. Koude vloertegels in de toiletten ... ooit van dichtbij meegemaakt? Ik staarde omhoog in het gezicht van Prudence. En in dat van Gary en Larry. Ik probeerde te schreeuwen, maar het enige wat uit mijn mond kwam, was een zacht, rochelend geluid. Ik probeerde mezelf voor te bereiden op de pijn ... wat onmogelijk is. Het maakt niet uit hoe je je voorbereidt, de pijn komt altijd als een verrassing. Het doet zeer, punt uit. Ik herinner me nog elke prik die ik ooit gekregen heb. Elke pleister die ik afgetrokken heb en elke keer dat ik toekeek hoe mijn moeder een splinter uit mijn vlees woelde. Ik heb me altijd proberen voor te bereiden op de pijn, maar het lukte nooit.

Gary was de eerste die me schopte. Ze zeggen dat je niemand mag trappen die op de grond ligt, maar Gary is een echte bullebak. En dit is iets wat bullebakken doen. Hij schopte me in mijn achterste. Ik wou dat ik kon zeggen dat hij zijn voet pijn deed, maar zo werkt het niet.

'Auw,' probeerde ik te zeggen.

En opnieuw kwam er niet veel geluid uit mijn mond. Toen maakte Gary een fout. Hij boog voorover en om me te pesten of zo kneep hij Norbert.

Grote vergissing.

'Oooo!'

Een verrassend scherpe, hoge gil. Gary schoot geschrokken overeind. En toen, ongelooflijk maar waar, deed ik precies hetzelfde. Het leek alsof ik een stroomstoot door me heen gekregen had. Het ene moment lag ik nog op mijn rug en keek ik omhoog naar mijn beulen, nauwelijks in staat om hulp te roepen ... En het volgende moment stond ik weer op mijn voeten, met een bonzend hart, de spieren gespannen, klaar voor de tegenaanval, met een krijgshaftige kreet die het plafond van de toiletten optilde.

Natuurlijk was het mijn oorlogskreet niet. Het was die van Norbert.

'Hee-yup!' schreeuwde hij. 'Ten aanval. Ten aanval! Ten aanval! Totterdood!'

Hij klonk als een samoerai-eekhoorntje. Gary deinsde achteruit met een vreemde uitdrukking op zijn gezicht. Hij dacht waarschijnlijk dat ik gek geworden was, en ik moet toegeven dat hij niet helemaal ongelijk had. Hij strekte zijn handen beschermend voor zich uit voor het geval ik zou gaan boksen, maar dat deed ik niet. Ik tilde mijn handen niet eens op. Ik stormde recht op hem af, sprong in de lucht en knalde in zijn gezicht met ... wel, het is moeilijk te zeggen met welk deel van mij ik hem raakte. Norbert leidde mij, maar ik veronderstel dat hij zich op het nippertje terugtrok en mijn voorhoofd het eigenlijke werk liet doen. Het gebeurde allemaal razendsnel.

Wat het ook was, het zorgde voor een opdoffer van formaat. Ik voelde niets, maar je moest Gary zien. Schreeuwend en huilend hield hij zijn neus vast. Het bloed drupte door zijn vingers heen als druivensap uit een lekkend kartonnetje. Dat laatste was me vorige week trouwens overkomen en het sap doorweekte alles wat in mijn brooddoos zat.

Eén seconde lang waren Prudence en Larry te geschokt om te reageren. En precies in die ene seconde kwam ik in beweging. Ik deed een stap voorwaarts, gleed uit en smakte tegen de grond. Niet echt mijn beste manoeuvre. Toen deden ze allebei een grote sprong om mij de doorgang te versperren. Larry liet die luide, slome, verraste lach horen. Nu hádden ze me en we wisten het allemaal maar al te goed. Een vreemd ge-

voel van berusting daalde over me neer als een deken. Ik gaf
het op, ik zou niet meer van me af bijten.

Leuke vrienden waren het. Ze keken niet eens om naar
Gary. Hij hing tegen de wasbak en tastte in zijn broekzak naar
een papieren zakdoekje om het bloeden te stelpen. Niemand
gunde hem een blik.

'Je bent dood, Dingwall,' fluisterde Prudence.

'Oké,' zei ik.

'We gaan je een beetje bijwerken,' zei ze.

'Oké.'

'Je slingerde ons allerlei dingen naar het hoofd tijdens de
wedstrijd. Je dacht ons zomaar eventjes te kunnen vernede-
ren. Dat verdient een fikse straf. En tot overmaat van ramp sla
je ook nog Gary's neus stuk. Dat kunnen we niet zomaar over
ons heen laten gaan. Begrijp je dat?'

'Oké.'

Ik weet niet wat er met me aan de hand was. Het leek wel
alsof ik behekst was. Ik had net zo goed een van die poppen
kunnen zijn die honderd keer hetzelfde opdreunen. Je hoeft
maar aan het touwtje te trekken en ik zeg: 'Oké.'

'Je zult huilen en om genade smeken, maar wij zullen geen
genade kennen. Je zult onze naam nooit meer noemen. Is dat …
begrepen?!'

'In orde,' zei ik.

'Klaar, Larry? Ik tel tot drie. Eén, twee …'

Op dat moment kwam de directeur de toiletten binnen en
de hele situatie veranderde op slag.

'Wat gebeurt hier allemaal?' vroeg meneer Omerod op dat typische directeurstoontje van hem.

Achter hem zei de conciërge op een heel andere toon 'ho!', maar hij bedoelde precies hetzelfde.

Er was voor hen zoveel om naar te kijken – bloed en papieren zakdoekjes, een meisje in de jongenstoiletten ... – dat ze me niet eens opmerkten. Ik zag kans om zowel de dood als een strafstudie te ontlopen. Ik sloop naar het dichtstbijzijnde toilet, dook in elkaar op het deksel van de pot en sloot zachtjes de deur, terwijl de bullebakken me nog steeds uit het zicht hielden. Ik wilde niet dat de conciërge plotseling mijn gele T-shirt zou herkennen.

'Prudence, wat doe jij in de jongenstoiletten? En waarom waren jullie niet op de schoolbijeenkomst?' vroeg de directeur.

Stilte. Alleen Gary, die jammerde. Arme Gary, ook de directeur leek niet echt bezorgd over zijn bloedende neus. Ik hield me gedeisd en hoopte dat niemand mijn hart kon horen, dat als een razende in mijn borst tekeerging. Het leek wel alsof Arnold Schwarzenegger houtblokken aan het kloven was.

'Ik ging weg omdat ik naar het toilet moest,' legde Prudence uit. 'Op de terugweg naar het auditorium kwam ik voorbij de jongenstoiletten en ik hoorde Gary om hulp schreeuwen. Natuurlijk ging ik naar binnen. Gary stond aan de wasbak, zoals nu, met een bloedende neus. Larry was hem al aan het helpen. Toen kwam u binnen ... meneer,' voegde ze er gauw aan toe.

Een snelle denker, die Prudence. Ik vroeg me af of de directeur haar verhaal slikte. Hij snuffelde een paar keer met zijn neus in de lucht. Er hing nog altijd sigarettenrook.

'En hoe zit het met jullie?' vroeg hij.

'O, euh … precies zoals zij zei,' zei Larry. Hij was geen snelle denker. 'Ik was Gary hier aan het helpen, en toen kwam zij binnen.'

Gary jammerde nog altijd.

'Hmmm. Dus dit was de jongen die je in de gang gezien hebt, meneer Keenan?'

'Ja, meneer.' De conciërge klonk niet erg zeker van zichzelf. Gary is groter en heeft donkerder haar dan ik, en zijn gezicht lijkt al helemaal niet op het mijne. Maar de conciërge had me maar één seconde gezien, en niet eens mijn gezicht.

'Ik denk dat hij het was,' zei hij. 'Hij had een bloedneus, ja.'

'Was jij onze gastspreker voortdurend aan het onderbreken, Gary?' vroeg de directeur.

'Nee, meneer,' jengelde Gary.

'Was jij dat, Prudence?'

'Nee.'

'En jij, Larry?'

'Huh? Nee, meneer. Natuurlijk niet.' Larry kon eerlijk antwoorden. Hij had de schoolbijeenkomst niet gestoord … Hij was er niet eens geweest.

De directeur zuchtte.

'Prima! Gary, je bloedt niet meer, zie ik. Ga naar het kantoor van de verpleegster. Ik stuur meteen iemand naar je toe om je te helpen. Prudence en Larry, ga terug naar het auditorium voor het laatste gedeelte van het programma.'

'Ja, meneer.' Ik kon de opluchting in Larry's stem horen. Ze kwamen er goedkoop af. De verleiding was nu groot om te gaan improviseren.

'Geweldige show! Vindt u ook niet, meneer?'

'Wat bedoel je?'

'Shania Twain, meneer. Ze geeft een geweldige show. Gewoonlijk luisteren we niet naar haar muziek, Prudence en Gary en ik, maar we vinden allemaal dat ze live, zoals nu … Dat is echt …'

Zijn stem stierf weg. Hij had de eerste regel van 'hoe kom ik er goedkoop af?' overtreden, een regel die kinderen al vroeg in hun leven zouden moeten kennen: zeg nooit meer dan je hoeft te zeggen. Er heeft nog nooit iemand slaag gekregen omdat hij te weinig zei.

Meneer Omerod klonk nu heel beslist: 'Jullie kunnen alledrie nablijven omdat jullie afwezig waren op de schoolbijeenkomst. Meld je aan op mijn kantoor, meteen na de bel. En nu, hop, mee met mij naar het auditorium.'

Toen hun voetstappen wegebden, hoorde ik Larry 'Auw!' zeggen. Ik vroeg me af wie van de twee hem een por gegeven had.

Miranda en ik stonden een beetje na te praten terwijl we op de schoolbus wachtten die haar naar huis moest brengen. Ik zag de andere kinderen op de bus naar me kijken met een blik vol bewondering. Ik was het niet gewend om zelfs maar opgemerkt te worden, maar het maakte niet veel uit. Toen ik Miranda vertelde wat er in de toiletten gebeurd was, moest ze lachen.

'Dat was heel dapper van jou,' zei ze. 'Maar die Poema's zijn zo afschuwelijk. Ik denk dat ze je echt te pakken willen krijgen. Het zal waarschijnlijk wel overwaaien, over een week of zo, maar ik vind het niet leuk dat je gevaar loopt, Alan.'

'Ik ook niet,' zei ik. Ik dacht eerlijk gezegd niet dat het zo gauw zou overwaaien, maar ik had geen zin om te zeuren.

De bus kwam eraan. Miranda hees haar rugzak op haar

schouder en gaf mij, of liever, Norbert, een hartelijk kneepje.
'De Pan Chocolademelk,' zei ze hoofdschuddend.

Het was geen slecht weertje voor november. Een beetje winderig, maar met veel zon en niet zo kil. Ik had mijn jas opengeritst en mijn handen in mijn broekzakken gestoken. Ik kon een vink horen zingen hoog in een boom vlakbij. Ik maakte me zorgen over de bullebakken, maar tegelijk voelde ik me gelukkig. Ik was eigenlijk gelukkiger dan bezorgd, maar tegelijk wist ik niet goed waarom.

'Jij bent niet zo'n klein beetje vrolijk,' merkte Norbert op.

'Jij niet, misschien?'

'Ach, ik weet het niet. Ik heb een beetje ... heimwee.' Hij zuchtte.

'Naar Jupiter?'

'Misschien komt het door de Pan Chocolademelk, zo duidelijk en helder. Ik keek vaak uit mijn raam en dan zag ik hem. Elke avond. Mijn moeder vertelde me hoe lang geleden de chocolademelk eens over de rand gemorst was, samen met de griessuiker, en zo is die strook licht ontstaan die je 's avonds door de hele hemel ziet lopen. Ik weet niet meer hoe jullie die noemen ...'

'De melkweg?'

'Ja, dat is het.' Hij zuchtte opnieuw.

Ik was aan de brug op King Street gekomen. Ik stopte om over de leuning te kijken. De rivier stroomde hoog en bruin onder me door. Ik kon geen vissen zien. Dat kan ik alleen in de zomer, als het water laag staat en loom stroomt en grote, luie karpers uit het meer komen en hier rondhangen en rotzooi oppeuzelen. Tenminste, dat is wat Victor zegt. Wat vaststaat, is dat ze nooit de wormen willen eten waarmee we hen proberen te vangen.

Ik deed de voordeur open en ging naar binnen. Er was niemand thuis, zoals gewoonlijk. Mijn moeder zou pas over een uur of zo van haar werk naar huis komen. Er stonden twee berichtjes op het antwoordapparaat. Ik schonk voor mezelf een glas melk in en nam wat koekjes, terwijl ik luisterde. Het eerste bericht was van een kind dat naar mijn moeder vroeg. Zo te horen was hij niet veel ouder dan ik. Hij werd beschuldigd van iets wat hij niet gedaan had.

'O, jij arm ding,' mompelde ik met een mondvol chocoladebrokken.

Het tweede bericht was voor mij. Ik had de stem van mijn vader al een hele tijd niet meer gehoord en het duurde een paar seconden voor ik die herkende.

'Sorry, zoon,' zei hij op de band. 'Het lukt me niet om een vliegtuig te nemen en naar jou toe te komen dit weekend. Ik weet dat we afgesproken hadden om eens een dagje weg te gaan, naar een film of een of andere sportwedstrijd. Ik keek er al naar uit. Maar ik heb een afspraak met die belangrijke kerel van Hongkong en hij is maar een paar dagen in Vancouver. Sorry dat ik je misloop. Ik probeer iets anders te regelen en bel je later nog eens. Daag.'

Toen daalde een diepe stilte vol echo's over het huis neer. Ik liep naar de televisiekamer beneden. Mijn goede humeur was op slag verdwenen. Ik had heimwee, net zoals Norbert. Alleen ... ik was al thuis. Ik had heimwee naar een thuis dat ik niet meer had.

Ik keek naar de televisie tot mijn moeder thuiskwam en met potten en pannen begon te kletteren in de keuken. Ze leek meer lawaai te maken dan nodig was, alsof ze boos was en dat alleen op die manier kon laten zien. Of ze hield net zomin van de stilte als ik.

Ze vinden me echt leuk

Die avond aten we malse kippenbrokjes. Tenminste, zo noemen ze het. Ik denk dat geen van de twee woorden juist is. Ze kwamen uit de diepvriezer samen met de succotash, zo'n prak van gekookte maïs en limabonen. En daar gestoomde rijst bij. Mijn moeder lust rijst, maar ik niet. En dus gebeurt het dat we vaker rijst eten als ze boos op me is en minder als ze zich goed voelt. Vorige zomer, toen ik de antenne van haar wagen per ongeluk afbrak tijdens een partijtje voetbal, kreeg ik zeven dagen na elkaar rijst.

We aten in stilte, op het geritsel van bladzijden na. Ik was een boek aan het lezen over een verdwaalde vleermuis die op zoek ging naar de rest van zijn kolonie en mijn moeder las weer eens een 'sociaal geval'. Tussendoor stelde ze allerlei vragen: 'Hoe was het op school?', 'Heb je je huiswerk al gemaakt?', 'Wil je nog wat succotash?'

En ik antwoordde: 'Goed', 'Ja, net' en 'Nee'.

Succotash smaakt, eerlijk gezegd, zoals het heet.

Na het avondeten ging ik naar Victors huis, zogezegd omdat we samen aan een wetenschappelijk project moesten werken, maar eigenlijk omdat ik een computerspelletje, NHL Hockey, op zijn pc wilde spelen. Het project moet pas klaar zijn tegen het einde van het trimester. Zeeën van tijd dus nog. Maar het hockeyspel en vooral de joystick die je daarvoor nodig hebt, waren gloednieuw.

Zijn moeder deed de deur open met een brede glimlach op haar gezicht.

'Kom binnen, Alan,' zei ze. 'We zitten net aan tafel. Je eet toch een hapje mee?'

'Ik heb al ...'

Ze liet me niet uitspreken.

'Een klein hapje maar,' zei ze.

Victors moeder legde haar arm om mijn schouder en leidde me naar de keuken. Ze lijkt altijd op weg naar de keuken. Het is waarschijnlijk die lucht die ze zo graag inademt. Als ze daar te lang wegblijft, begint ze naar adem te happen.

'Eten jullie malse kippenbrokjes?' vroeg ik.

Ze fronste de wenkbrauwen. 'Wat is dat?'

'Ik weet het niet,' zei ik. 'Maar wij eten het altijd.'

Er stond een enorme stoofpot op het vuur, met worstjes en aardappelen en stukjes bleke groente. Thuis had ik genoeg gegeten, maar ik had het gevoel dat er diep in mij nog genoeg ruimte overbleef voor een heel bordvol.

'Wat is dat voor groente?' vroeg ik. 'Dat is geen kool.'

'Nee.' Haar ogen sprankelden. 'Lust je kool, Alan? Vorige keer dat je hier was, kon je niet zeggen of je het lekker vond of niet.'

Norbert lustte het. Ik niet. Ik haatte kolen, maar dat durfde ik mevrouw Grunewald niet te zeggen.

'Ja, ik lust kool,' zei ik.

Victor en zijn vader glimlachten. Ze zijn allebei gezonde eters.

'Het zijn raapjes.'

Ik fronste het voorhoofd. Ik haat rapen. Of tenminste, dat dacht ik.

Een kleine keukenradio speelde vinnige klassieke muziek op de achtergrond. Het klonk me bekend in de oren. Ik kon een glimlach niet onderdrukken. Meneer Grunewald was aan het luisteren. Dat mag ik wel zeggen, want hij kauwde mee op de maat. Toen de muziek voortsnelde, ging hij sneller kauwen.

'Dat is mooi,' zei hij toen hij zijn hap doorgeslikt had. Ik vroeg me af of hij het eten bedoelde of de muziek. Als wij onder het avondeten naar de radio luisteren, is het gewoonlijk naar het journaal. En het is eerlijk gezegd moeilijk om opgewonden te raken over de schoonheid van het journaal.

De familie Grunewald praatte over allerlei gekke dingen. Victors ouders bleven maar vragen hoe hij zich *voelde*. Vond hij mevrouw Scathely echt aardig? Maakte hij zich soms zorgen over de test wiskunde? Mij vroegen ze wat ik ervan vond als jongens een oorbel droegen. 'Die jongen met al die oorringen, die Gary, dat is een beetje een nietsnut, denk je ook niet?'

Ik staarde hen aan. Mijn moeder en ik praatten nooit zo. Het was bijna pijnlijk.

'Een nietsnut, ja,' beaamde ik. 'Maar niet door zijn oorringen.'

'Nee nee, eerst de kip en dan het ei.'

Dat was meneer Grunewald. 'Een jongen van goeden huize zou niet in de eerste plaats zijn oren laten piercen.'

De muziek stopte. Toen kwam de stem van een omroeper.

Meneer Grunewald stak zijn bord uit voor nog een portie.

'Hou jij van deze muziek, Alan?' vroeg hij. 'Een groot componist, die Rossini, vind je niet?'

'Ik heb dit al gehoord bij *Bugs Bunny*,' zei ik. Victor schoot in de lach. Ik weet niet wat hij daar zo grappig aan vond. Daarom klonk die muziek me zo vertrouwd in de oren. Ik kon me goed voorstellen hoe Daffy Duck hard wegliep van Elmer Fudd.

Meneer Grunewald fronste de wenkbrauwen en zei iets wat op 'hmpf' leek.

Het goudkleurige lintje van een of andere schoolwedstrijd was op het prikbord vastgepind. Kampioen van de zevende klas, stond erop. De enige dingen die wij in onze keuken ophingen, waren brieven van mijn school en kortingbonnen van 50%. Er is een lade in mijn bureau waar ik mijn persoonlijke spullen bewaar: een foto van mijn vader en mij terwijl we de vis omhooghouden die we net gevangen hebben, een exemplaar van een regionaal krantje van vorig jaar dat een verhaal van mij gepubliceerd had. Dat soort dingen.

Het nagerecht was vies: een schilferig gebakje met fruit erin en witte poedersuiker eroverheen.

Ik denk dat ik mevrouw Grunewald wel een dozijn keer bedankt heb. Victor en zijn vader bleven glimlachen.

'En nu vort, jongens, de deur uit!' zei mevrouw Grunewald en ze joeg ons de keuken uit. 'Ik weet dat je aan je project wilt werken. Nee, John!' Ze mepte op meneer Grunewalds arm. Hij probeerde nog gauw een stukje dessert af te snijden.

Op zijn kamer slaakte Victor een diepe zucht van opluchting.

'Sorry,' zei hij. 'Mijn moeder is een beetje ...'

'Het is oké,' zei ik. 'Ik mag je moeder graag. En het eten was lekker. Zelfs de raapjes.'

'Ja, ze is een goede kok. Als ze maar niet zo ... zo moederlijk was altijd.'

Het klonk zo raar. Alsof zoiets een probleem was.

De computer stond al aan. Victor nam twee cd's van zijn rek. *World Encyclopedia* en NHL. 'Wil je eerst hockey?' vroeg hij. 'Of liever wetenschappen?'

Domme vraag.

'Hij mikt en jááá, hij scóóórt!' zei ik.

'Zeker? En wat denk je van: hij zoe-oekt! Hij verwerkt gegééévens!'

'Vic ...'

'Hij observééért! Hij trekt conclusies!'

Ik gaf hem een por.

'Oké, oké.' Hij stak de cd in de drive.

We speelden een uurtje of zo. Vic won bijna elk spelletje, maar dat vond ik niet erg. We speelden het zelfs klaar om ook nog een beetje aan ons project te werken voor ik weer naar huis moest.

Victors ouders kwamen allebei in de deuropening staan om me te zien vertrekken. Ik bedankte mevrouw Grunewald nog eens voor het avondeten. Ze straalde en zei dat ik gauw nog eens moest langskomen.

'Je kent niets van muziek,' zei meneer Grunewald terwijl

hij op mijn rug sloeg, 'maar je bent een leuke jongen.'

Waarom brachten die woorden me bijna aan het huilen op de terugweg naar huis?

'Hé, het water stroomt hier naar binnen! Wat is er mis?'

'Ik weet het niet.'

'Je hebt toch geen kou gevat, hoop ik! Je weet hoe ik het haat als je verkouden bent.'

'Ik ben gewoon een beetje van streek,' zei ik. 'Mijn vader zegt nooit dat ik een leuke jongen ben.'

'O ... Als ik jou vertel dat je een leuke jongen bent, hou je dan op met snotteren? Het tapijt in de achterkamer is al helemaal doorweekt.'

Norbert is echt een sympathieke kerel.

'Straks moet ik rubberlaarzen aan.'

Ik kon een glimlach niet onderdrukken.

Er staan nergens straatlantaarns tussen Victors huis en dat van mij. De nacht lag als een deken over me heen. De volle maan leek zo dichtbij, alsof ik ze aan kon raken.

'Ik wou soms dat ik niet naar mijn moeder moest,' zei ik.

Norbert zuchtte.

'Dat is grappig. Ik wou soms dat ik dat wel kon!'

'Was het leuk bij Victor?' riep mijn moeder vanuit de keuken.

'Hm,' zei ik.

'Er heeft net iemand gebeld voor je. Miranda, denk ik dat ze heette. Ik heb haar nummer opgeschreven.'

Ik hing mijn jas op en liep naar de keuken. Mijn moeder

zat aan een hoek van de tafel. Een stapel mappen balanceerde gevaarlijk dicht bij de rand. Ik voelde een dwaze behoefte om de hele toren om te kieperen.

'Weet je, mama, de Grunewalds mogen me. Ze mogen me echt graag.'

Ze keek even op en glimlachte met haar mond, niet met haar ogen.

'Dat is leuk, mijn lieve jongen.'

Wat rijmt op Miranda?

Ik had nooit eerder met Miranda gebeld. Het was gek om te zien hoe mijn vingers trilden toen ik haar nummer intoetste. Mijn adem ging ook sneller dan gewoonlijk.

Onze telefoon staat in de keuken. Niet erg privé, met mijn moeder die een paar passen verderop zit te werken. Ik bedelde al lang om een telefoon in mijn slaapkamer, maar mijn moeder antwoordde steevast: 'Een dezer dagen.' Ik vroeg me af welke ze bedoelde.

Miranda's lijn was bezet. Ik rende de trap op en zweette een beetje.

'Wat is er aan de hand?' Norbert klonk geërgerd.

'Niets,' zei ik.

'Het is hier plotseling zo heet en ik kan je hart horen bonzen als een basdrum. Ben je ziek of zo?'

'Ik denk het niet.'

Ik ging zitten en probeerde wat huiswerk te maken, maar ik was er met mijn gedachten niet bij. Norbert onderbrak me.

'Zij is het, hè? Je zit aan haar te denken.'

'Aan wie?' vroeg ik stoer. 'Ik weet niet eens over wie je het hebt.'

'Kijk naar je huiswerk, meneer de mooiprater.'

Ik keek omlaag en daar stond Miranda's naam, dwars over mijn hele werkschrift gekrabbeld. Oei.

'Goed, ja, misschien een klein beetje,' zei ik.

'Komaan, dat is toch geen probleem? Ik ben zelf ook al verliefd geweest, hoor. Haar naam was Nerissa en ik mis haar. Hé, dat rijmt bijna. Ik vraag me af wat ze nu aan het doen is.'

'Ik ben niet verliefd!' zei ik.

'Eh? O nee, natuurlijk niet.'

'Het is niet zo, geloof me maar.'

'Ja, hoor!'

We wisten allebei dat ik aan het liegen was. Ik nam een nieuw blad papier en schreef zonder nadenken alweer haar naam. Miranda.

'Zeg, Norbert, je hebt me op een idee gebracht. Jij kent een heleboel woorden,' zei ik. 'Kun jij iets bedenken dat rijmt op Miranda?'

'Ga je een gedicht voor haar schrijven?' vroeg hij.

'Misschien,' gaf ik toe.

Hij dacht een ogenblik na.

'Veranda,' zei hij.

Hm, niet echt romantisch. Mijn ouders hadden een paar jaar geleden een boerderijtje gehuurd met een veranda eraan. Ik zat in die veranda toen een reusachtige spin van het plafond naar beneden zakte. Plop, recht in mijn schoot. Dat beest was verdorie zo groot als een vuist! Het joeg me de stuipen op het lijf.

'Ja zeg, kun jij beter? ... Ga eens praten met haar ouders. Ze hadden haar net zo goed Jane of Sue kunnen noemen.'

'Ik weet niet wat ik kan doen met *veranda*,' zei ik.

'Wat vind je van ...'

'Miranda, Miranda, ik ijsbeer in de veranda
en denk voortdurend aan jou.
Je ogen, die schittering; je kaken, zo'n grote mond-a,
als je op je boterham kauwt.'

'Ik weet het niet,' zei ik.

'Ik vind jou de grootste, geen scheldwoord of kritiek
kan ook maar iets afbreuk doen aan je charme.
Mijn diepste gevoelens rekken zich uit als een elastiek
als ik je stevig vasthoud in mijn ...'

'Alan.' Mijn moeder klopte op de deur. 'Is alles in orde met jou?'

'Jaja, oké,' zei ik. 'Alles is in orde, mama. Welterusten.'

Ze gaat meestal voor mij slapen, omdat ze 's ochtends vroeg de deur uit moet.

'Goeienacht.'

Ze aarzelde even voor mijn deur, zuchtte toen en liep weg. Een paar minuten later rinkelde de telefoon.

'Hallo,' zei ik.

'Alan, ben jij het? Je klinkt helemaal buiten adem.'

'O, dag Miranda,' zei ik.

Norbert snoof diep. Ik hield de hoorn ver van mijn mond en probeerde een beetje rustiger te worden.

'Ik euh ... ik probeerde je daarstraks te bellen,' zei ik. 'Maar de lijn was bezet.'

'O, sorry.'

'Geen probleem.'

Stilte.

'Ik ben … blij dat je belt,' zei ik.

'Dat is lief.'

Opnieuw stilte.

'Jeetje, dit lijkt wel Romeo en Julia,' zei Norbert.

'Zwijg, jij,' zei ik.

'Zoveel poëzie! Zoveel romantiek! Komaan, Miranda, kun je niet zeggen: "Ik ben gek op jou"?'

Hevig geschrokken hield ik de adem in. Ik voelde hoe ik begon te blozen als een pioen. Ik vroeg me af of Miranda het kon merken aan de andere kant van de lijn. Zo heet kreeg ik het.

'Pieper,' zei ze en ze klonk zelf ook warm en verward. 'Ik ben zo blij dat je dat zegt. Ik begon me al zorgen te maken. Weet je, ik voel ongeveer hetzelfde voor jou.'

'Echt waar?!'

Ik schreeuwde, maar misschien was het Norbert wel. Misschien schreeuwden we allebei op hetzelfde moment. Maar ik wil eigenlijk niet te veel loslaten over wat we verder tegen elkaar zeiden.

Aan het eind zei Norbert: 'Wauw! Dat lijkt er al beter op.'

Miranda lachte. 'Er is nog iets dat ik je wilde vragen, Alan. Ik was net aan het denken … Wel, ik bedoel, ik heb je altijd leuk gevonden. Zelfs vorig jaar al. En nu ik je beter ken, nu ik weet hoe grappig je bent en zo, vind ik je nog leuker. Maar … O, dit klinkt al te gek.'

'Nee nee, ga door,' zei ik.

'Wel ... er woont toch niet *echt* iemand in je neus, hè?'

Ik wist niet wat ik moest antwoorden.

'Euh ...' begon ik. Ik wilde niet liegen. Ik wilde dat Miranda me mocht om wie ik was. En bij mij, daar hoorde momenteel een klein ruimteschip en een astronaut van Jupiter bij.

Maar ik wilde ook niet dat ze dacht dat ik echt gek was. Grappig? Dat was geen probleem. Maar gek ...?

'Wel ...' zei ik.

'Victor denkt dat het allemaal een geweldige grap is. Je voert je nummertje buikspreken op en je zegt van die rare dingen, maar je bent echt jezelf, is het niet?'

'Ik ben echt mezelf,' zei ik. 'Dat is zo klaar als een klontje.'

'En Norbert? Is Norbert echt?'

'Wel,' begon ik, maar op dat moment voelde ik een vertrouwd gekriebel achter in mijn neus.

'Natuurlijk is Norbert niet echt,' antwoordde Norbert in mijn plaats.

Ik fronste de wenkbrauwen.

'Ben jij niet echt?' fluisterde ik. Norbert deed alsof hij me niet gehoord had.

'Denk eens even na, Miranda. Een neus van Jupiter. Slaat dat ergens op? Een neus met een ruimteschip? Een neus die chocolademelk drinkt en voetbal speelt? Komaan! Alsjeblieft, zeg!'

'Ik dacht al,' zei Miranda.

'Norbert is gewoon een deel van Alan ... Het moedige en grappige deel, dat hij altijd diep in zich gehad heeft.'

'Ben jij dat?' vroeg ik.

'Zwijg, idioot,' fluisterde Norbert.

'Wie is idioot?' vroeg Miranda.

'Jij bent er een!'

Miranda lachte. 'Je hebt gelijk, Pieper. Ik had het kunnen weten.'

Voor ik in bed stapte, knipte ik het licht uit en staarde uit mijn raam naar het Ontariomeer. Wij wonen aan de overkant van de straat. Het was bijna volle maan. Het wateroppervlak zag eruit als een groot stuk zwarte fluwelen stof met een strook glinsterende sterretjes in het midden. Het maanlicht met haar lange schaduwen gaf de plek naast ons huis iets spookachtigs. Eigenlijk is het daar helemaal niet griezelig. Integendeel, het is er schoon en goed onderhouden. Er woont een oud echtpaar. Aan het einde van het huizenblok woont een grappig gezin met een heleboel kleine kinderen. Daar is het nog minder akelig. Het grasveld voor hun huis is doorgaans bezaaid met driewielertjes en basketballen. Zij is prof aan de universiteit, hij is ... Ik weet het niet precies, maar hij draagt sweaters en hij lacht veel en speelt honkbal en baseball. En als een van de kinderen valt en zich pijn doet, rent hij er gauw naartoe om te sussen en de wond te verzorgen.

Ik wilde net het gordijn dichttrekken toen een beweging in onze tuin mijn aandacht trok. Ik probeerde naar beneden te kijken, maar dat ging niet goed. Ik stond te hoog en de garage zat in de weg.

Had ik het me ingebeeld of bewoog er echt een schaduw naast de grote, wintergroene struik?

Misschien.

Maar ik wist dat ik de slaap niet zou kunnen vatten als ik het nu gewoon negeerde. Misschien was het een inbreker die probeerde binnen te dringen. Ugh. In het donker de trap af lopen is veel akeliger dan ik gedacht had.

Ik liep op de toppen van mijn tenen door de woonkamer naar de erker en tuurde de tuin in. Bewoog daar echt *iets* buiten? Of was het *iemand*? Ik was er niet zeker van, terwijl ik trillend in het donker stond, dus rende ik naar de hal, knipte de lamp buiten aan, rende terug naar de woonkamer en kijk, daar: een donkere schim sprintte naar de schaduw. Was het een monster? Een wandelend lijk? Een afgezant uit het geestenrijk? Of gewoon een schurk?

'Hé daar!' schreeuwde ik uit volle macht. Mijn stem klonk afgrijselijk luid in de nachtelijke stilte van ons huis. Ik durfde niet naar buiten te gaan, maar ik wilde wel wat meer zien als dat kon. Ik rende naar mijn kamer boven en gooide de gordijnen open. En ja hoor, daar liep de schim. Geen zombie. Geen schurk.

Een gewoon persoon, diep voorovergebogen over het stuur van een fiets, spurtte de straat uit, de hoek om. De figuur was helemaal in het zwart gekleed, op een bekende tekening na op de rug van een leren jekker die ik herkende. Te klein voor een van de jongens, of voor Mary. Het moest Prudence zijn.

'Alan?' Een gedempte stem uit de slaapkamer van mijn moeder. 'Riep jij? Is er iets?'

'Nee nee. Er is niets,' zei ik. 'Sorry dat ik je wakker gemaakt heb.'

In gedachten verzonken liep ik naar bed. Dus de Poema's waren me aan het bespioneren ...

Een slecht voorteken

De volgende ochtend na het ontbijt inspecteerde ik de omgeving van het huis. Er waren duidelijke voetafdrukken in de tuin. Het waren de voetsporen van een mens en ze waren duidelijk kleiner dan de mijne ... Zo ongeveer de schoenmaat van Prudence, heb ik de indruk. Een van de struiken was geknakt, waarschijnlijk toen ze wegrende. Natuurlijk kon het ook een van de planten zijn die Victor en ik vorige week vertrapt hadden bij een partijtje voetbal. Ik ben per slot van rekening geen Sherlock Holmes.

'Alan, wat doe jij in de tuin? Je maakt je schoenen helemaal vuil.'

Mijn moeder stond op het stoepje vooraan, met gefronste wenkbrauwen, terwijl ze haar jas over haar nieuwe, groenbruine mantelpakje dichtknoopte.

'Sorry,' zei ik.

'Ik zei toch dat je die schoenen niet vuil mocht maken. Je vader wil dat je er netjes uitziet voor de hockeywedstrijd van zaterdag. Hij klaagt altijd dat je als een landloper gekleed bent.'

Dank je wel, papa.

'We gaan niet naar die hockeywedstrijd,' zei ik. 'Ben je het dan vergeten? Papa heeft gebeld om te zeggen dat hij niet kon.'

Mijn moeder vloekte. Ik haat het als ze vloekt, want het

heeft gewoonlijk met mijn vader te maken. Ze sloeg het autoportier met een harde klap dicht en stoof weg. Ik stopte met het vuil van mijn schoenen te wrijven.

Ik had graag een lift van haar gekregen, maar haar werk ligt helemaal de andere kant op. Toch had ik het best willen vragen, maar ... ik kon het niet. Als ze 'ja' zei, zou ik me een lastpost voelen, en als ze 'nee' zei, zou ik me dubbel ellendig voelen. Het was dus beter om niets te vragen.

Op mijn hoede liep ik naar school. Ik vond het geen geruststellende gedachte dat Prudence in de buurt rondhing en mijn huis in de gaten hield. Mijn huis. Ik moest weer denken aan Cecil en zijn in verf gedrenkte lange broeken. Het was niet leuk dat ze stiekem roerloos in mijn tuin stond, toen de nacht viel. En dat ze in mijn woonkamer naar binnen gluurde. Mijn woonkamer. Ik kreeg het gevoel dat ze iets van me afgepakt had. Mijn leven was niet meer van mij.

Ik zag haar niet en toch had ik het gevoel dat iemand naar me keek, de hele weg naar school. Een keer keek ik over mijn schouder achterom en zag, of dacht te zien, hoe een schaduw achter een boom wegflitste. Mijn hart maakte een buiteling en ik stond op het punt te schreeuwen en zo hard mogelijk weg te rennen, toen een kraai achter de boom te voorschijn trippelde en met zijn scherpe, gele bek vruchteloos in een stukje vuilnis pikte.

Mevrouw Scathely gaf me mijn erelintje van de schoolwedstrijd. Iedereen applaudisseerde. Ik stopte het lintje in mijn geschiedenisboek. Toen ik even later door de gang liep, rende ik naar Prudence. Ze zag het bungelende lintje en trok het uit mijn boek.

'Mooi,' zei ze toonloos.

Ik bedankte haar.

'Je kunt het misschien boven de schoorsteen in de woonkamer hangen,' zei ze. 'Tussen dat afschuwelijke paardje en de klok die vijf minuten achterloopt.' Ze gaf me mijn lintje terug en liep weg.

Ik staarde haar na. Ze was er echt geweest. Ze wist hoe onze woonkamer eruitzag. Ik kreeg kippenvel als ik eraan dacht hoe ze daar in mijn tuin stond en door het raam naar binnen gluurde, zodat ze het uit metaal gesneden paardje kon zien dat ik van mijn zakgeld voor mijn ouders had gekocht. Ze had ook gezien dat de klok achterliep. Wie weet wat ze nog allemaal gezien had?

Maar wat kon ik beginnen? Ik kon haar geen schrik aanjagen. Dat zou zelfs Dracula niet kunnen. Ik kon haar zeker niet intimideren. Haar zeggen, nee, *vragen* of ze ermee wilde ophouden me te bespioneren? Geweldig! En daarna hard wegrennen of blijven staan terwijl ze naar me lachte en me vakkundig tot moes sloeg met of zonder haar vrienden. Nee, niet zo'n goed idee.

Mevrouw Scathely kon me ook niet helpen. Een leraar kon Prudence niet verbieden nog in mijn tuin te komen. Alleen de politie kon dat doen. En zou de politie luisteren naar een jongen van dertien die zijn beklag kwam doen over een ander kind van dertien?

Ik kreeg pas de kans om met Miranda te praten in de middagpauze, toen we ons wekelijkse bezoekje aan de schoolbieb brachten. Ik begon haar over Prudence te vertellen, maar ze onderbrak me.

'Sorry voor wat ik aan de telefoon gezegd heb gisterenavond,' fluisterde ze. 'Ik praatte over jou alsof je niet goed bij je
verstand was. Ik hoop dat je niet boos bent. Ik was een beetje in
de war.'

Ze pakte mijn hand. Ik zei dat ik het begreep.

'Sssst,' zei de schoolbibliothecaris.

De conciërge kwam binnen om de papiermanden leeg te
maken. Ik zag hem naar me kijken en glimlachte beleefd. Hij
stokte en staarde me aan. Ik begroef mijn hoofd in mijn boek.

'Is er iets?' vroeg Miranda fluisterend.

'Nee, niets.'

Na een eindeloze minuut schudde de portier het hoofd en
ging naar buiten.

Ik haalde diep adem.

'Waarom staarde meneer Keenan jou zo aan?' vroeg Miranda.

Ik haalde de schouders op en sloeg een blad om. De hemel
mag weten waarover het ging. Ik had geen woord gelezen.

Na de laatste bel zei ik dag tegen Miranda. Ze stond te wachten op haar moeder, die haar kwam oppikken om naar de
tandarts te gaan. Het afscheid nemen moet langer geduurd
hebben dan ik besefte, want tegen de tijd dat ik bij mijn kastje
kwam, was de gebruikelijke drukte in de gang boven al voorbij. Een groepje kinderen liep weg. Ze hadden het over hockey. Een ander groepje verdween in een gesprek over kapsels.
Jongens én meisjes. De meisjes konden niet beslissen of de

Avalanche een beter team was dan de Flyers of niet. De jongens waren het erover eens dat gewoon kortgeknipt mooier was dan een skinhead. Met het hoofd van een skinhead zie je eruit als een idioot.

Ik draaide aan het combinatieslot van mijn kastje: eerst naar rechts, even stoppen, dan naar links en opnieuw stoppen.

Het geluid van een wc die doorgespoeld werd, klonk lang en luid na in de nu lege gang. De jongenstoiletten waren twee deuren verder. Om een of andere reden, misschien om wat er gisteren gebeurd was, raakte ik plots in paniek. Ik haastte me met het laatste cijfer van mijn combinatieslot, maar kreeg het kastje niet open.

Ik haalde diep adem en controleerde of het laatste cijfer juist was, maar het kastje wilde nog altijd niet open. Ik rukte en trok en besloot toen helemaal opnieuw te beginnen.

Ik boog mijn hoofd en draaide aan het slot. Alles wat ik deed, leek nu in slow motion te gebeuren, als in een nachtmerrie. Eén keer naar rechts, stoppen ...

Te laat. De deur van de wc's ging open.

Victor kwam naar buiten.

'Hé, Victor!' riep ik veel te luid. Ik was waarschijnlijk opgeluchter dan hij. Mijn kastje schoot open.

Victor keek naar links en naar rechts voor hij naar me toe kwam. Ik vroeg of hij meeging naar huis, maar hij deinsde achteruit, alsof ik hem een levende tarantula onder de neus hield.

'Geen sprake van!' fluisterde hij, terwijl hij zich snel in zijn jas wurmde. Hij keek me wild aan.

'Waarom niet?'

Op dat moment drong een onmiskenbaar gasluchtje onze neusgaten binnen. Gedonder aan je rechterkant was al in het oude Rome een slecht voorteken, en dat leek het ook nu te zijn. Mary kwam waggelend aangelopen en stopte even om me aan te staren.

Ik trok mijn jas aan en propte mijn wiskunde in mijn rugzak. Er zijn kinderen die slecht zijn in wiskunde omdat ze hun boek nooit openslaan. Ik niet. Ik slaag erin om hard te werken en slecht te zijn.

Mary staarde en staarde. Haar ogen – ik had het nooit eerder opgemerkt omdat het me eerlijk gezegd niet interesseerde en omdat ik nooit dicht genoeg bij haar was gekomen – waren bijzonder bleekblauw, bijna kleurloos. Ze keken me onverschillig aan. Ik had net zo goed een brokje vlees op een servet kunnen zijn. Of een stuk verdroogd snot op de rand van haar vingernagel.

'Aha, hier ben je, Dingwall,' zei ze. 'We vroegen het ons al af.'

Ik antwoordde niet. Mary draaide zich om en wandelde op haar dooie gemak weg. We keken haar na tot ze om de hoek verdwenen was.

Victor rilde.

'Ik moet ervandoor,' mompelde hij. Hij gaf een klopje op mijn arm zonder me aan te kijken en haastte zich weg, de andere kant op. Arme Victor. Hij liep met voorovergebogen hoofd. De onderkant van zijn jas spande om zijn achterwerk.

Vallen

De Poema's speelden met de bal aan de noordelijke poort. Ze draaiden zich allemaal om en staarden me aan toen ik uit het schoolgebouw kwam. Prudence was er niet bij, merkte ik. Mary glimlachte toen ze me zag. Ik niesde en zij lachte. Toen gooide ze de voetbal naar Larry, hard en laag. Hij miste hem. Ze lachte opnieuw. Ik sloot me aan bij de staart van de achterblijvers, die door de zuidelijke poort naar buiten gingen.

Ik schaamde me, maar wist niet waarom. Ik ging gewoon door de andere poort weg, zoals gewoonlijk.

Het was een kille, grijze middag en ik liep naar huis. De bladeren waren bijna allemaal van de bomen gevallen, maar ze waren nog niet bijeengeharkt. Ze dwarrelden rond in de voortuinen in rode en goudkleurige warrelingen. Ze bleven plakken aan de klamme stoepen en maakten ze kleurrijk en glibberig. Aan het eind van Forth Street sloeg ik rechtsaf naar King Street.

In deze wijk staan een paar mooie, oudere huizen. De meeste zijn vervallen, maar dat geeft niet. Er zijn ook zaken waar je je stofzuiger en zo kan laten repareren. Er is een groothandel in hout en de kantoren van een krant en een aanplanting voor waterzuivering. Een gemengde buurt, zou je kunnen zeggen. De weinige auto's op de parkeerplaatsen waren versleten en verroest. Geen mens op de voetpaden.

Ik ken deze buurt heel goed. Hier loop ik op schooldagen

vaak op weg naar school en terug. Niet echt een gezellige buurt, maar ik ben het gewend. Je weet hoe dat gaat. Je vindt dat dwaze kind in je buurt niet echt leuk, die ene die altijd vuurtje stookt en dieren plaagt, maar je raakt het gewend.

Maar die middag haastte ik me naar huis door King Street. Ik was bang. Het liefst wilde ik de overwoekerde voortuintjes, de dichtgetimmerde ramen en de uitgesleten opritten gauw achter de rug hebben. Ik wilde zo snel mogelijk naar de overkant van de rivier, waar de huizen er al vrolijker begonnen uit te zien en waar buiten meer mensen rondliepen. Niet dat ik rende, maar ik verloor zeker ook geen tijd en dagdroomde niet. Ik keek voor me uit, om me heen en over mijn schouder.

Er was niets vreemds te bespeuren en toch had ik het gevoel dat er iets onheilspellends plotseling uit de lucht zou komen vallen en me bespringen. Prudence in een zwarte cape of zo. Ik probeerde te lachen om mezelf, maar eigenlijk vond ik het niet zo grappig.

Toen gleed ik uit op de stoep, viel op mijn achterwerk en krabbelde in paniek weer overeind. Niemand in de buurt. Ik beefde. Mijn hart ging als een razende tekeer. Plotseling hoorde ik het geluid achter me. Een oude zwarte auto met een lawaaierige knalpot reed van een uitgezakte oprit achteruit de straat op en draaide om me te volgen.

Ik rende en zwaaide wild met mijn armen en benen terwijl ik over de glibberige stoeptegels holde. Mijn rugzak sloeg zwaar tegen mijn rug. Had ik mijn wiskundeboek maar op school gelaten!

De auto trok op. De motor loeide als een vliegtuig dat gaat opstijgen. Ik ging nog harder rennen. De brug lag achter de volgende heuvel. Ik holde sneller en sneller, maar de auto kwam steeds dichterbij, en toen was het te laat ...

De auto haalde me in en reed voorbij. Er zat een oude vrouw in, met haar twee handen op het stuur en een bungelende sigaret in haar mond. Ze glimlachte naar me en tilde zelfs een hand op om naar me te wuiven. Brullend ging de auto ervandoor.

Ik stopte hijgend. Er was niets gebeurd, maar ik was intussen wel helemaal bezweet.

'Norbert,' zei ik. 'Ik denk dat ik gek aan het worden ben.' Hij antwoordde niet meteen. 'Norbert, ben je daar nog?' Na een minuut of zo niesde hij.

'Sorry. Natuurlijk ben ik hier. Waar anders?'

'Ik voel me zo slapjes. Misschien ben ik verkouden.'

'Neem dat van me aan. Je bent verkouden.'

Tja, je neus kan het weten.

'Miranda gaat aan haar moeder vragen of ik morgenavond bij haar mag komen eten.'

'Ze is nu bij de tandarts, hè? Tandartsen hebben we op Jupiter ook. Wat een speciale geuren daar, hè? Kruidnagel en munt. Maar Alan, waarom denk je dat je gek wordt?'

'O, ik weet het niet. En met jou praten helpt ook niet.'

De brug op King Street is niet speciaal. Twee rijstroken met een verhoogde stoep aan de randen en een reling van metalen buizen, ongeveer op borsthoogte. Een kruidenierswinkel en planten voor waterzuivering aan de ene kant van het water, aardige huizen aan de andere kant. In de zomer stroomt de rivier hier heel rustig, met zachte rimpelingen in het water tussen met gras begroeide oevers. Schaduwbomen hangen boven de rivier en laten hun blaadjes vallen, die wegdrijven in trage, sierlijke draaikolken. Je kunt de stenen in de rivierbedding tellen, of kijken naar het onkruid dat luchtbellen en golfjes op hun weg stroomafwaarts treurig vaarwel wuift. Ik stopte in het midden van de brug om mijn adem in te houden. De bruine rivier stond hoog en stroomde snel. Het water schuimde voorbij als een sneltrein.

Ik stak de brug over en wilde net verder lopen, toen ik de hond zag.

Nauwelijks te geloven dat dit nog maar een dag geleden gebeurd was.

Het spijt me, maar mijn geheugen laat me hier wat in de steek. Ik weet dat er een collie was. Dezelfde die ik thuis al een keer gezien had? Misschien. Dat zou ik niet met zekerheid kunnen zeggen. Ik zie nog de kwispelende staart toen de hond op me af gelopen kwam. Zijn muil hing open en zijn tong eruit. Ik herinner me dat Norbert in paniek raakte, naar de hond gilde en me aanvuurde om weg te rennen. De hond liep pal naar me toe. Hij sprong wild blaffend tegen me op. Ik kon geen kant op. Ik herinner me de opspringende hond en de kolkende rivier onder de brug. En toen. En toen.

En toen keek ik omhoog. Ik zag de lucht. Ik weet nog dat ik de lucht zag.

Wacht. Het komt terug.

De lucht bewoog snel, zoals de rivier. Alleen was de rivier bruin en de lucht grijs met blauwe vlekken. De rivier kwam alsmaar dichterbij, herinner ik me nu. Ik keek naar de lucht boven me terwijl de rivier razendsnel op me afkwam. Achter me ebde het geluid van de blaffende hond weg, als muziek in een voorbijrijdende auto.

Ik viel. Keek ik daarom omhoog? Ik zie weer water dat mijn richting uit kwam. Bruin, kolkend water. En ik herinner me het gevoel van gruwel voor alles om me heen helemaal zwart werd.

Maar het was niet het water waar ik zo bang voor was.

Waarschijnlijk was ik daar ook bang voor. Elk jaar valt er wel een kind in de rivier en verdrinkt. Ze hebben borden gezet en op school hameren ze ons in dat we weg moeten blijven van kreken en rivieren als het water hoog staat. Ik had bang moeten zijn om te verdrinken, om meegesleurd te worden door het water.

Maar er was iets anders. Een stem. Dat is het, een stem recht in mijn oor terwijl ik viel! Een stem die ik waarschijnlijk verwacht had, want ik was bang, maar niet echt verrast.

De stem liet een akelig lachje horen, recht in mijn oor, en ik dacht: Natuurlijk. Natuurlijk.

En toen ging ik kopje-onder.

'Hebbes,' zei de stem terwijl ik naar adem hapte in het vuile, razende water. 'Nu heb ik je, Dingwall.'

Het was de stem van Prudence.

Prudence

Mijn hoofd doet pijn. Ik heb honger en dorst en nog altijd een verstopte neus. Ik reik over mijn bed heen naar het dienblad op het karretje en neem een glas gemberbier. Warm, natuurlijk, en een beetje verschaald, maar het doet toch deugd om door te slikken. Ik vraag me af wanneer ik mijn eten krijg.

Mijn ouders maffen nog. Ze snurken in stereo. Ik vraag me geeuwend af hoe laat het is. Het is heel helder buiten. Het belooft een zonnige dag te worden.

Angela, de verpleegster, komt binnen met een brede glimlach en vraagt hoe ik me voel.

'Niet slecht,' antwoord ik.

'Je ziet er veel beter uit. Tina, de andere verpleegster, zegt dat je niet zoveel pijn meer hebt. Ze wilde dat al haar patiënten zo makkelijk waren als jij.'

Terwijl Angela tegen me praat, meet ze mijn koorts en mijn bloeddruk en ze trekt de lakens opnieuw strak. Verpleegsters zijn als kappers, ze kunnen werken en babbelen tegelijk.

'Ben je al naar de wc gegaan?'

Ik knik. 'Helemaal alleen.'

'En? Een beetje stoelgang?' vraagt ze.

'Huh?'

'In de wc. Heb je alleen geplast of ...'

'Alleen geplast,' zeg ik snel. Zij is niet gegeneerd, maar

ik wel. 'Ik heb al lang geen eten meer gehad.'

'Heb je je broodje niet gekregen? De dokter had het toch gevraagd. Misschien hebben ze het in de keuken niet goed begrepen.'

Angela kijkt op haar horloge en fronst de wenkbrauwen.

'Het is nu misschien te laat voor een ontbijt. Ik ga in de keuken eens kijken wat ze hebben. Is dat goed? Kun je een warme maaltijd op, als ik er een te pakken krijg?'

'Om het even wat,' zeg ik en ik begin al te watertanden bij de gedachte aan bedompte ziekenhuiskost. Ik moet inderdaad aan de beterhand zijn.

Angela haalt dekens uit de kast en legt ze over mijn slapende ouders heen. Ze vallen niet onder haar verantwoordelijkheid, en toch zorgt ze voor hen. Tja, ze is een verpleegster, ze kan er ook niets aan doen. Met een glimlach en een zwaai loopt ze de kamer uit. Enkele minuten later hoor ik een karretje met een gillend wieltje in de gang. Het water loopt me al in de mond. Pavlovs ziekenhuispatiënten.

Maar het is niet het eten dat eraan komt. Het is de poetsvrouw. Ze knikt naar me, schudt het hoofd als ze mijn ouders ziet en leegt de vuilnismand.

'Dank je wel,' zeg ik, maar ze is de deur al uit.

De volgende die binnenkomt, is de arts. Deze heb ik nog niet eerder gezien.

'Hallo, Alan,' zegt ze. 'Ik ben dokter Mitchell.'

Ze ziet er niet erg oud uit. Ze lijkt meer op een babysitter dan op een dokter.

'Jij bent zeker nog moe,' zegt ze. Ik ben moe, maar zij ziet er nog veel vermoeider uit. Ze kijkt even afgunstig naar mijn slapende ouders. En kan een geeuw niet onderdrukken terwijl ze me onderzoekt. Ik hoef gelukkig mijn operatieschort niet uit te doen, goddank. Dokter Mitchell schuift de stethoscoop over mijn borst naar beneden en in het rond op mijn rug. Daarna staart ze in mijn ogen met het kleine flitslampje.

'Kijk niet naar het licht,' zegt ze geeuwend. 'Kijk opzij.'

Ik probeer het. Als ze weg is, lig ik weer diep achterover in de kussens en luister hoe mijn ouders wat verloren slaap inhalen. Ik voel me eenzaam. Het is al een hele tijd geleden dat ik iets gehoord heb van Norbert. Ik fluister zijn naam, maar hij antwoordt niet.

Angela duikt weer op met een dienblad.

'De broodjes waren allemaal op,' zegt ze, 'dus heb ik voor jou al een vroeg middagmaal bijeengescharreld.'

Ik bedank haar. Melk, een broodje met ham en een zoete augurk als garnering, een cakeje en daarnaast een schaal met …

'Wat is dat?' vraag ik.

'Pruimen,' zegt ze.

Ik zet een lang gezicht. Duiveneieren. Harde keutels …

'Moet ik die opeten?'

Ze schudt het hoofd en loopt glimlachend weg.

Ik duw de schaal opzij. Wat een geweldige maaltijd. De melk is lauw en de augurk taai als rubber, maar het maakt niet uit. Ik merk het nauwelijks op. Eten, zalig eten!

Mijn ouders worden tegelijk wakker. Ze zeggen eerst 'Goeiemorgen' tegen me, om dan met een zachte stem en toch geërgerd-beleefd te kibbelen over wie als eerste naar de badkamer mag. Ik probeer er geen aandacht aan te schenken. Ik blijf eten, maar het eten smaakt niet meer zo lekker als een paar minuten geleden.

'Voor mij is het prima,' zegt mijn vader voor de derde of vierde keer. 'Ga jij maar, schat. Ik weet dat je je een beetje wilt opfrissen voor Alan, je haar kammen en zo.'

'Dank je wel, schat, maar echt niet. Jij bent degene die er het meest aan toe is. Jij hebt de hele nacht in het ziekenhuis moeten doorbrengen.'

'Jij moest helemaal naar Cobourg met de auto en terug. Je bent vast doodmoe. Ga maar naar de badkamer.'

'Ik voel me prima, dank je.'

Mijn dienblad is helemaal leeg, op de pruimen na. Ik duw het van me af. De dokter komt binnen. Het is die van gisteren, die van wie ik de naam niet ken.

'Dag Alan,' zegt ze. 'Hoe voel je je?'

Ik zeg haar dat ik me goed voel.

'Het eten was heel lekker,' zeg ik.

'En hoeveel herinner je je nog van gisteren?'

Ik aarzel. 'Ik kan me alles herinneren tot het moment dat ik in het water viel,' zeg ik, 'maar daarna niets meer.'

'Dat is prachtig! Ik heb voetballers met een zware hersen-schudding gehad die zich van de hele wedstrijd niets meer konden herinneren. Jij kunt je tenminste nog alles herinneren tot op het moment dat je bewusteloos raakte. Er is misschien niets méér om je te herinneren. Toen je naar het Cobourg

Ziekenhuis gebracht werd, reageerde je nergens meer op. Ik heb hun verslag gelezen hier.

Ik schud het hoofd. Het doet nog altijd een beetje pijn.

'Ik weet dat er nog iets anders is,' zeg ik. 'Ik kan een arm zien, of toch bijna. En ik voel hoe die aan me trekt.' Ook dat doet pijn.

De dokter knikt. 'Je vriendinnetje vertelde aan de dokter dat je probeerde te praten toen ze je uit de rivier trok, maar ik weet niet in hoeverre je toen al bewusteloos was. Misschien was het meer als in een droom.'

Mijn moeder snift even. Mijn vader ziet er ernstig uit. Ik frons de wenkbrauwen, terwijl ik aan Miranda denk. Er is iets dat ik vergeten ben. Ik probeer me voor te stellen hoe ze me uit de rivier trekt, maar het gaat niet. Er is een gordijn tussen mezelf en wat er gisteren gebeurd is. Een gordijn in mijn gedachten, en ik kan het niet opentrekken.

'Van mij mag je naar huis,' zegt de dokter. 'Vanmiddag. Ga naar huis en rust wat. Kun je me dat beloven?'

Ze kijkt eerst naar mij en dan naar mijn ouders. We knikken. Ik weet niet waarom mijn vader knikt. Ik ga niet mee naar zijn huis.

De dokter steekt een waarschuwende vinger op.

'Geen zware lichamelijke inspanningen. Ik meen het. Ik wil niet dat je de volgende weken meedoet met wat voor ploegsport ook. Begrijp je, Alan? Niet op ladders klauteren, geen uitstapjes naar pretparken en zo. En als je duizelingen krijgt, of braakneigingen of evenwichtsproblemen, ga je onmiddellijk naar het ziekenhuis. Beloofd?'

Ik knik. Ze gaat verder. 'Hoewel ik denk dat je geen enkel

probleem meer zult hebben, hoor! Volgens mij ben je helemaal in orde. Intussen,' glimlacht ze terwijl ze mijn mapje dichtklapt, 'kun je thuis wat gaan slapen.'

Ik ben nog altijd aan het piekeren. Niet over duizeligheid.

'Dokter, komt mijn geheugen ooit helemaal terug?'

'Er is misschien niet veel meer om terug te komen. Je kunt je een droom ook niet altijd herinneren, zelfs niet als het een heel spannende geweest is. Trouwens, het is waarschijnlijk niet zo'n prettige herinnering. Misschien ben je beter af zonder. Ik zou eerlijk gezegd willen dat ik mijn laatste afspraakje bij de tandarts uit mijn geheugen kon wissen.' Ze glimlacht.

'Dat is het!' zeg ik.

'Wat?' Ze schrikt.

'Een afspraak bij de tandarts. Miranda had gisteren een afspraak bij de tandarts. Ze kan niet met mij mee naar huis gegaan zijn.'

En precies op dat moment klopt iemand op de deur. Miranda komt naar binnen. Ze is niet alleen, Prudence is bij haar. Prudence, de haren netjes gekamd onder een kleine baret en met een schoon leren jasje en een jeansbroek. Ze ziet er mooi uit. Zelfs met die ring in haar wenkbrauw en een grote prop kauwgum in de mond ziet ze er leuk uit.

Miranda ziet er spectaculair uit. Haar ogen zijn rood en gezwollen, haar haar is niet gekamd en de kraag van haar jasje is helemaal gekreukt. Echt spectaculair.

'Alan,' zegt ze terwijl ze naar me toe komt om mijn hand te pakken. 'Hoe gaat het?'

'Goed,' zeg ik.

'Je hebt niet teruggebeld, gisterenavond. Prudence heeft me vanmorgen voor de school begon over je ongeluk verteld en ik … Gaat het echt goed met je?'

Prudence staat daar maar, met haar handen op haar heupen. Ze laat een grote bel kauwgum knallen.

Mijn moeder staart haar aan. Niet echt vriendelijk. Prudence doet alsof ze haar niet ziet. Mijn vader recht zijn schouders om groter te lijken en hij gaat gauw met een hand over zijn haar om het glad te maken. Prudence negeert ook hem.

Mijn moeder praat tegen Miranda: 'Jij bent zeker het meisje dat gebeld heeft? Leuk om je te zien, schat,' zegt ze. 'Ik waardeer het dat je zo bezorgd bent over Alan. Waar is je moeder? Is ze de auto nog aan het parkeren?'

'Nee, mevrouw Dingwall.' Miranda gaat goed staan. 'Prudence en ik zijn met de trein van negen uur gekomen.'

Ik staar naar Prudence. Het gordijn in mijn hoofd schuift langzaam open. Ik kan stukjes zien van wat er gisteren gebeurd is. Prudence. Haar handen die me stevig vastgrijpen, de spieren van haar armen, die rukken en trekken. Prudence ...

Mijn vader en moeder zeggen Miranda dat ze niet in haar eentje naar zo'n grote stad als Toronto had mogen komen. Weet ze dan niet hoe gevaarlijk het hier is? Ze is pas dertien. Ze kan maar beter even naar haar ouders bellen. Die zijn vast erg ongerust. En natuurlijk kan ze straks met mijn moeder en mij mee naar huis rijden.

Niemand lijkt zich zorgen te maken om Prudence. Niemand zegt haar dat ze ook mee naar huis kan met ons.

Miranda glimlacht naar mijn ouders, maar ze zegt niets. Op haar manier is ze even onbuigzaam als Prudence. Een eigen willetje. Ze knijpt in mijn hand. Ik knijp terug. Ondertussen zit ik te bedenken dat het geen wonder is dat mijn armen aanvoelen alsof ze uit de kom gerukt zijn. Geen wonder dat ik zoveel blauwe plekken heb. Dat komt niet door de rotsen in de rivierbedding en de takken en de boomstronken en het kolkende water, maar door haar ongelooflijk sterke handen.

Prudence heeft me gered.

Het gordijn rond mijn herinnering is opengeschoven en nu kan ik het duidelijk zien. Ik zie haar gezicht vlak bij het mijne, haar haren druipnat van het rivierwater. Ik lig op de oever en hoest water op. Ik herinner me hoe Prudence haar jasje over me heen legt en dan snel wegrent. Ze wordt kleiner en kleiner en verdwijnt ten slotte.

Ik verdween ook. En ik kwam weer bij in het ziekenhuis met mijn moeder aan mijn zij.

Ik probeer de blik van Prudence te vangen, zodat ik haar kan bedanken. Ze kijkt weg.

De dokter bladert door mijn dossier.

'Prudence Armstrong,' zegt ze. 'Jij vond Alan, is het niet? En je trok hem uit de rivier en belde de hulpdiensten?'

Prudence kijkt haar aan en knikt.

'Leuk om je te leren kennen.' Ze schudden elkaar de hand. De dokter zwaait nog even naar me en verlaat dan de kamer.

Mijn ouders houden eindelijk op met praten, godzijdank, en staren Prudence met open mond aan. Het lijkt alsof ze niet goed weten wat ze moeten doen. Ik wou dat ze … Ik wou dat mijn vader Prudence bedankte, dat hij zei: 'Dank je wel dat je mijn zoon gered hebt.' Maar dat doet hij niet. Mooi niet.

'Dank je wel, Prudence,' zeg ik.

Ze schudt het hoofd. 'Je hoeft me niet te bedanken. Ik ben niet gekomen om bedankt te worden.'

'Waarom dan wel?' vraagt mijn moeder.

'Ik kom me verontschuldigen,' zegt Prudence.

Een mirakel, inderdaad

'Waarom?'

We vragen het allemaal als uit één mond, maar ze draait zich alleen naar mij toe.

'Omdat ik je achtervolgde. Omdat ik ermee dreigde je tot moes te slaan. Omdat ik een bullebak was. Het spijt me, Alan. Ik heb het al met de andere Poema's afgesproken. We zullen je niet meer lastig vallen. Eigenlijk gaan we niemand meer pesten.'

Buiten is het oude jaar aan het sterven, het maakt zich klaar voor de winter. Binnen, in de ziekenhuiskamer, is een nieuw tijdperk aangebroken. Ik probeer iets wijs en elegants te verzinnen.

'Huh?' is het enige wat eruit komt.

Prudence kijkt naar de grond.

'Nu ja, Mary en Gary zullen je misschien nog wel pesten. Het zijn slechte kinderen, zoals ik vroeger. Maar ik heb gezegd dat ze met mij af te rekenen krijgen als ze iets proberen, misschien dat dat hen zal tegenhouden. Het zijn slechte kinderen. Gek en slecht.'

'O, arme dingen,' zegt mijn moeder. Prudence staart haar aan.

'Ik heb nog een vraag,' zeg ik. 'Hoe kwam je ertoe om ...'

'Om te veranderen?' Ze glimlacht. Nog een verschil. De oude Prudence glimlachte nooit. 'Bedoel je dat, Alan? Waarom geef ik het op om mensen te kwetsen, te bedreigen of angst

aan te jagen? Waarom wil ik ineens een van de goeien worden? Is het dat?'

'Ja.'

Ze kijkt rustig en is in gedachten verzonken. 'Kun je geloven dat ik een stem uit de hemel hoorde die tegen me sprak?'

Niemand zei iets en dus ging ze verder.

'Ik volgde je gisteren na school op weg naar huis, Alan. Op
de fiets. Ik deed het al een paar dagen. Heb je me eergisteren-
avond in je tuin gezien?'

Ik knik.

'Ik dacht het wel. Ik spurtte snel weg, maar vroeg me af of het
wel snel genoeg was. Hoe dan ook, gisteren na schooltijd reed
ik naar de brug in King Street, de weg die je gewoonlijk neemt.
Ik was in die kruidenierswinkel bij de rivier en bladerde in een
tijdschrift toen ik je zag aankomen over de heuvel. Ik rende naar
de achterkant van de winkel om mijn fiets te pakken en toen viel
jij in het water.'

Mijn moeder fluistert: 'O nee.'

'Ik viel niet. Ik struikelde over die hond.'

'Ja. Die collie.' Ze fronst de wenkbrauwen. 'Dat was jouw
hond niet, hè, Dingwall? Ik dacht toch van niet.'

'Nee,' zeg ik. 'Niet mijn hond.'

'Hij had geen halsband om, zie je.'

Een karretje piept door de gang en rolt de kamer binnen.
De jongen die het voortduwt, lijkt mee te vallen, anders dan die
van vanmorgen. Hij neemt mijn lege dienblad weg. Prudence
gaat verder.

'Ik rende naar het water. Ik wist niet wat ik moest doen. Eigenlijk was ik wel een beetje blij dat je in de nesten raakte.'

Ze draait zich naar me toe en bloost. Ook dat is nieuw.

'Het spijt me, maar zo was het. Ik dacht: Aha, zijn verdiende loon! Ik voelde me machtig, alsof ik wraak uit de hemel afriep om je te straffen voor je grote mond tegen mij en mijn ploeg. En omdat je Gary's neus gebroken hebt, natuurlijk.'

'Alan?' schrikt mijn moeder. 'Heb jij iemands neus gebroken?'

'Zoon?' zegt mijn vader. Ik zou niet kunnen zeggen of het hem plezier deed of niet.

Ik haal de schouders op.

'Je lag in het water,' zegt Prudence, 'en begon weg te drijven. Toen hoorde ik een stem. Ik weet niet hoe ik wist dat het een engel was, maar ik wist het. *Red hem, zei de engel.*' Ze glimlacht bij de herinnering.

Ik kan maar één verklaring bedenken.

'Had de engel een hoge piepstem?' vraag ik.

'Nee,' zegt Prudence. 'Het was een lage stem. En ze klonk vlak naast me, warm en sterk en ... hoe zal ik het zeggen, een beetje ... nat. Heel duidelijk! Ik had nooit gedacht dat een engel zo duidelijk zou klinken. Bijna recht in mijn oor. *Red hem en red jezelf.* En hij noemde me bij mijn naam. *Red jezelf, Prudence!* Ik wist niet wat ik moest redden van mezelf. Ik draaide mijn hoofd en daar stond de hond. Is het echt niet de jouwe?'

'Nee, het is niet mijn hond. Ik ben erover gestruikeld, dat is alles.'

'Maar ...' Miranda kijkt met gefronste wenkbrauwen naar Prudence. 'Zeg je nu dat ... Was het de stem van de hond, die je hoorde? Warm en nat en zo? Die hond een engel?'

'Ik weet het niet,' zegt Prudence. 'Ik weet alleen wat ik gehoord heb.'

Zoals ze naast me staat, lijkt ze een heel leuk meisje, Prudence. Opeens. Echt een mirakel, inderdaad.

'Nu goed, voor ik besefte wat ik aan het doen was, liep ik al stroomafwaarts het water in om jou te grijpen.'

De blauwe plekken op mijn armen deden opnieuw pijn.

'Dank je,' zeg ik opnieuw. Deze keer zeggen ook mijn ouders 'Dank je wel'. Prudence kijkt weg. Mijn vader loopt naar haar toe en steekt zijn hand uit. Prudences stevige greep laat hem huiveren.

Angela, de verpleegster, komt binnen zonder thermometer of bloeddrukmeter. Bijna alsof ze naakt is. Ze heeft wel een groot klembord bij zich.

'Er moeten nog een paar formulieren ingevuld worden,' zegt ze tegen mijn ouders. 'Daarna kan Alan naar huis.'

Ze volgen haar naar buiten, waarschijnlijk om te kibbelen over wie nu de formulieren moet ondertekenen. Mijn vader wrijft nog altijd over de vingers van zijn rechterhand.

'Je ouwelui vallen nog wel mee,' zegt Prudence tegen me.

Méént ze dat nu? Ik heb de hare nooit gezien. Maar als ze het meent, wil ik die mensen nooit ontmoeten.

'Geloven jullie dat, van die engel?' vraagt Prudence.

Ik weet niet wat ik moet zeggen.

'Ik geloof in stemmen,' zeg ik. 'Soms hoor ik er ook.'

Ze knikt. 'Het is grappig dat je iets gezegd hebt over een piepstem. Want toen ik jou op de oever getrokken had, draaide ik je op je zij. Al dat water dat uit je neus en je mond stroomde! Toen zei een andere stem – een hoog piepstemmetje – 'Dank je wel.' Eerst dacht ik dat jij het was, Dingwall. Je weet wel, zoals je soms praat zonder je lippen te bewegen. Maar ik noemde je naam en je reageerde niet. Dus dacht ik dat ik gek werd, omdat ik stemmen hoorde die er helemaal niet waren. Ik was echt totaal aan het flippen, even maar. Die stem deed me denken aan die dag dat je mij beledigd had tijdens de voetbalwedstrijd. Eerlijk gezegd, het scheelde maar een haar of ik kieperde je weer in de rivier. Alleen, dat ging natuurlijk niet. Niet nadat ik jou er met zoveel moeite uit getrokken had.'

'Nee,' zeg ik verlegen.

'Dus was het misschien alweer een andere engel die tegen mij praatte.'

'Misschien. Of een neus.'

'Wat zeg je?' vraagt ze.

'Ik zei: wie weet?'

De meisjes gaan de kamer uit, terwijl ik me omkleed. Mijn moeder heeft een rugzak bij zich vol schone kleren en schoon ondergoed. Een blauwe onderbroek, als het je interesseert. Het is een zonnige dag met veel wind. Dat kan ik zien door het raam van mijn kamer, dat uitkijkt op de vuilniscontainers. Ik begrijp nog altijd niet waarom iedereen maar uit dat raam bleef staren vannacht.

Mijn moeder heeft beslist dat we allemaal samen naar Cobourg terugrijden. Zij en ik en de meisjes.

Mijn vader niet. Hij moet naar zijn afspraak in Vancouver.

'Ik kom gauw terug,' zegt hij. 'Misschien kunnen we naar een hockeywedstrijd gaan kijken? Of basketbal? Volg je het basketbal een beetje?'

'Soms,' zeg ik. We staan buiten op een winderige parkeer-
plaats. De meisjes zitten al op de achterbank van de auto. Mijn
moeder staat aan de chauffeurskant en kijkt naar ons. De wind
laat haar jas flapperen.

'Wel, Alan, ik ben blij dat je je beter voelt. Ik was echt ongerust, weet je,' vertelt mijn vader.

'Ja,' zeg ik.

We kijken elkaar een paar seconden aan. Mijn moeder
spoort me aan op te schieten.

'Goed dan, dag zoon,' zegt mijn vader. Hij steekt zijn hand
uit, een beetje weifelend, en legt die op mijn schouder. Even
later trekt hij zijn hand terug, draait zich om en gaat weg. Hij
zegt niet dat hij me zal missen of aan me zal denken of van me
houdt. Hij zegt niets van dat soort dingen.

Prudence heeft gelijk. Hij is best wel tof. Maar is dat alles?
Zou een vader niet een beetje meer mogen zijn dan dat?

'Ik hou van je, papa,' zeg ik, maar de wind blaast mijn woorden weg. Hij hoort me niet en draait zich niet om.

Een vergeten stem

Een hele week lang blijft mijn hoofd nog in het verband. Ik rust thuis, omringd door kussens en cd's en gehuurde video's. Victor springt na schooltijd gewoonlijk even binnen om me te zeggen hoeveel huiswerk ik ga krijgen als ik terugkom. Zelfs mevrouw Grunewald komt me opzoeken. Ze zegt dat ik een flinke jongen ben en laat een cake achter die ze speciaal voor mij gebakken heeft. Miranda belt elke avond. Geen slecht leventje eigenlijk, als die hoofdpijn er niet was. En zelfs dat gaat na een poosje over. Als het verband er eindelijk af mag, ben ik helemaal als nieuw.

Ik staar naar mezelf in de badkamerspiegel. Woensdagmiddag. Morgen ga ik weer naar school. Nog twee dagen en de week is alweer om. Mijn hoofd is kleiner dan ik gewend ben zonder al die witte windsels eromheen. Mijn haar is een beetje gegroeid. Het staat alle kanten op.

En ik zie er ouder uit. Ik weet natuurlijk dat ik ouder ben, een hele week om precies te zijn. Nee, wat ik bedoel, is dat ik er ouder uitzie dan dat ... Alsof ik bijna volwassen ben ... Alsof ik klaar ben om te leren autorijden en me te scheren en me zorgen te maken over of ik wel een goede baan zal vinden. Het zijn vooral de ogen. Ze zien eruit alsof ze heel wat gezien hebben.

Op dat moment klopt mijn moeder op de deur. Ze komt naar binnen en geeft me een zoen op mijn kruin.

'Voel je je al een beetje beter, mijn kleine krentenbol?' zegt
ze, zoals ze vroeger vaak zei toen ik nog klein was.

Ik knik.

'Je ziet er beter uit zonder dat lelijke verband om je hoofd.
Waarom was je je haar niet? Zal ik een bad voor je klaarma-
ken? Met veel schuim?'

'Oké,' zeg ik.

'Dan kun je wat spelen met de plastic kikker die van de ene
kant van de badkuip naar de andere zwemt.'

'Oké,' mompel ik. Misschien zie ik er niet veel ouder uit
dan mijn moeder.

'Vergeet niet heel goed te spoelen,' zegt ze nog.

Ik stap uit bad, trek schone kleren aan en loop de trap af. Mijn
moeder trekt haar jas aan.

'Ik moet eventjes naar mijn werk. Zal het een beetje lukken
in je eentje?'

Zo zegt ze dat vaak, *eventjes*. 'Ik ga maar eventjes weg.' 'Nog
eventjes en dan ben ik klaar om te vertrekken.' 'Eventjes en dan
ben ik terug.'

Soms is *eventjes* een uur, soms langer. Toen ze me beloofde
mijn gescheurde jeansbroek te naaien, duurde *eventjes* zelfs
twee maanden.

'Natuurlijk,' zeg ik.

Er is iets dat ik nog wil doen. Vijf uur in Cobourg is twee
uur in Vancouver. Ik ga mijn vader op zijn werk bellen. Ik wil
het zakelijk houden.

Ik heb er lang over nagedacht. Ik kan niets veranderen aan wat mijn vader en mijn moeder voor elkaar voelen ... of niet meer voelen. Ik kan van hen niet verwachten dat ze wakker worden en elkaar plotseling weer mogen. Of dat ze weer gaan samenwonen zodat ik weer echte ouders heb, zoals vroeger, voor mijn vader wegging. Je kunt mensen niet veranderen. Ik kan van mijn vader geen warme, liefhebbende ouder maken. Het gaat eigenlijk nog wel. Hij is bezorgd over me. Hij is nu eenmaal de vader die ik heb. Ik kan hem niet dwingen me een knuffel te geven, maar er is één ding dat ik wel kan doen. Ik kan hem vertellen hoeveel hij voor me betekent, dat ik van hem hou. Als hij vlakbij woonde, kon ik het in hoogsteigen persoon doen. Maar hij is bijna nooit in de buurt. Hij is een langeafstandsvader, dus zal ik het door de telefoon moeten doen. En ik doe het nu, want als ik het uitstel, drijft hij nog verder weg.

'Hallo,' zeg ik in de telefoon. 'Kan ik alsjeblieft met mijn vader spreken?'

'Een minuutje. Ik verbind je door.' Dat is mevrouw Hertz, zijn secretaresse. Ik heb haar al eens gezien. Ze heeft een zenuwtrek. Ze haalt de hele tijd haar neus op.

Ik haal diep adem en druk de hoorn tegen mijn oor.

'Ben jij dat, zoon?' vraagt mijn vader.

'Ja, papa.'

'Alan?' Alsof hij nog een hele reeks andere zonen heeft rondlopen.

'Niemand anders,' zeg ik.

'Is er iets gebeurd? Is alles in orde met jou? En met je moeder?'

'Alles is in orde, papa. Hoe gaat het met jou?'

'Goed, goed. Ik mag niet klagen. Je klinkt zo volwassen, jongen. Hoe gaat het met je? En met Helen? Jee, zoon, leuk om je stem weer eens te horen.'

'Vind ik ook, papa.'

'Luister, Alan, we moeten elkaar echt vaker bellen, maar … ik heb over een paar minuten een vergadering. Dit is een doordeweekse werkdag, dus ik vrees dat …'

'Wacht!' schreeuw ik in de hoorn.

Stilte.

'Voor je ophangt, papa, wil ik nog zeggen dat ik van je hou.'

Stilte.

'Dat is alles.'

Stilte.

'Ik zie je nog wel. Dag papa.'

'Wacht!' Nu klinkt hij opgewonden.

'Ja?'

'Wacht even. Ik hou ook van jou, zoon. Ik hoop dat je dat weet. Je bent mijn zoon en ik zal altijd van je houden. Weet je dat?'

'Natuurlijk, papa.'

'Het spijt me dat ik zo ver woon. Je moeder en ik … we kunnen niet zo goed meer met elkaar overweg, maar dat is jouw schuld niet. Dat is onze schuld. Als je ouder bent, zul je dat beter begrijpen.'

'Zeker, papa. Ik wilde je niet storen op je werk. Ik wilde je in het ziekenhuis al zeggen dat ik van je hou, maar ik voelde me ellendig en het was er toen het moment niet voor. Nu voel ik me beter. Morgen ga ik weer naar school.'

'Dat is geweldig, zoon. Echt waar. Ik ben heel blij dat te horen. Wees lief voor die vriendinnetjes van je, je weet wel, die die met de trein gekomen waren om je te bezoeken. Ik denk dat ze je heel graag mogen.'

'Ja. Eh, nu moet ik ophangen, papa.' Ik voel mijn gezicht strakker worden terwijl mijn wangen kleuren en gloeien. Het is niet meer dan eerlijk. Ik heb hem in verlegenheid gebracht op zijn werk. Nu is het zijn beurt om mij in verlegenheid te brengen.

'Ik ben blij dat je gebeld hebt, zoon. Dat moet je misschien vaker doen.'

'Misschien,' zeg ik en we hangen tegelijk op, allebei goed wetend dat ik hem niet meer op zijn werk zal bellen en dat hij daarover niet al te teleurgesteld zal zijn.

Als mijn moeder thuiskomt, vraagt ze zich af of ik me wel goed voel. Ik heb een koortsblos op mijn wangen, zegt ze. Mijn ogen zien rood en zijn gezwollen.

Ik zeg haar dat alles prima is.

Ik zorg ervoor dat ik vroeg ben als ik bij Victor langsga de volgende ochtend. Ik wil niet te laat zijn de eerste dag dat ik weer op school kom. Het is een tintelende, heldere ochtend. Het zonlicht weerkaatst op het dunne laagje ijs. We hebben nog geen sneeuw gehad, maar ze hangt in de lucht, zeker weten.

Victors moeder wil niet dat we te voet naar school gaan.

'Wat denken jullie wel, dwaze kinderen?' zegt ze vriendelijk. Ze staat in de deuropening. Uit de keuken komt een geur aandrijven die ik maar al te goed ken, de betoverende geur van pannenkoeken met bosbessenstroop.

'Natuurlijk rijden jullie mee met mijn man. Hij vertrekt over een paar minuten, dus je hebt rustig de tijd om even binnen te komen.'

Victor en zijn vader eten en kibbelen. Er staat een schotel pannenkoeken in het midden van de tafel en een kan stroop en een schoon bord speciaal voor mij.

'Dank je wel,' zeg ik. Ontbijtgranen zijn lekker, maar niets in vergelijking met zelfgebakken pannenkoeken.

'Heel erg bedankt.'

Meneer Grunewald wil dat Victor na school een beetje komt helpen in zijn supermarkt. Ze hebben extra handen nodig om de kruidenierswaren in te pakken en voorraden te versjouwen en van die dingen.

'Komaan, Victor, dit is een buitenkansje,' zegt hij. 'Het is maar voor een paar weken, met die drukte rond de kerst.'

Maar Victor wil niet.

'O, papa, ik haat het om in de winkel te werken. Je moet zo'n stomme schort dragen en die groenten stinken verschrikkelijk.'

'Ik weet het niet, Vic. Mij lijkt het wel wat,' zeg ik met mijn mond vol pannenkoek.

'Kijk nu. Onze vriend Alan vindt het een goed idee.'

'Laat hem het dan doen,' zegt Victor. 'Ik wil niet naar uien ruiken.'

Meneer Grunewald duwt zijn bord van zich af. Tijd om te vertrekken.

Ik sta op. 'Eigenlijk vind ik de geur van uien op een of andere manier wel lekker,' zeg ik.

Meneer Grunewald kijkt me even onderzoekend aan. Dan staat hij op van tafel en legt zijn hand op mijn schouder.

'Dan heb je geluk,' zegt hij.

Daarna lopen we naar de bestelwagen en rijden naar school.

Ik heb nooit geweten dat zoveel mensen me graag mogen. Het schoolplein is vol als we aankomen en het lijkt wel of ze allemaal naar me toe komen en me een hand geven of een klopje op mijn rug. Ze zijn duidelijk blij me te zien. Niet alleen die van mijn klas, maar zelfs kinderen die ik amper ken, die ik ooit in de cafetaria gezien heb, in de snoepwinkel, in de winkelstraat of waar dan ook. Ik ben een beroemdheid geworden. Het doet me denken aan die jongen die vorig jaar tijdens een trektocht door de bossen gevallen is en pas twee of drie dagen later gevonden werd. Levend, dat wel, maar met een gebroken been. Iemand van de achtste klas. Ik zette mijn naam op zijn gips, zoals iedereen trouwens. Hoe heette hij ook alweer? Ik ben zijn naam kwijt.

Miranda houdt mijn hand vast. Het geeft me een apart gevoel. Ik vind het iets tussen heel lief en bijzonder gênant. Niemand lacht erom, merk ik. Prudence glimlacht, maar niet omdat we elkaars hand vasthouden. Ze glimlacht omdat haar stomme hond tegen me opspringt en mijn gezicht nat likt. Ik struikel en val bijna op de grond.

De glimlach ziet er al uit alsof hij bij Prudences gezicht hoort.

'Ik heb haar Engel genoemd,' vertrouwt ze me toe. De hond blijft tegen me opspringen.

'Af, Engel,' zegt Prudence. De hond doet alsof ze haar niet hoort. Ze blijft op en neer springen. Iedereen denkt dat het wilde pret is.

'Help,' zeg ik. 'Haal dat beest van mij af!'

De hond wil me niet met rust laten. Miranda en Prudence staan met elkaar te praten, ze horen me niet. Waar is Vic?

'Help,' zeg ik weer.

En voor het eerst in een hele tijd hoor ik een piepstemmetje dat ik helemaal vergeten was.

'Aha, je hebt me dus toch nog nodig!'

Het is tijd

'Norbert!' zeg ik.

'Wie had je dan gedacht? Peter Pan?'

'Waar heb jij al die tijd gezeten?'

Ik kan niet zeggen dat ik Norbert echt gemist heb. Daar had ik het te druk voor. Er bleef nauwelijks tijd over om na te denken, laat staan om een gesprek aan te knopen met een wijsneus! En toch vroeg ik me soms af waar hij uithing. Ik was het gewend geraakt om zijn stem even vaak te horen als de mijne. Ik schrok er niet meer van dat hij mensen op stang joeg of aan het lachen maakte. En dat hij mij in grote moeilijkheden bracht door dingen te zeggen die ik zelfs in mijn stoutste dromen nooit had durven zeggen. Sinds ik uit het ziekenhuis ben, heb ik niets meer van hem gehoord.

'Ik was de hele tijd hier. En als je het echt wilt weten: ik heb zitten inpakken.'

'Ga je weg?'

'Ik heb erover nagedacht.'

'Toch niet terug naar Jupiter?'

Mijn hart slaat een slag over. Ik voel me gek genoeg verdrietig als ik denk aan een leven zonder Norbert. De hond springt weer tegen me op.

'Ugh!' zeg ik, want mijn gezicht zit helemaal verscholen onder haar tong.

'Ik heb nog niets beslist. Ik zou terug naar huis kunnen gaan, denk ik. Maar ik heb de hulpkreten even bekeken. Er zijn een heleboel mensen die hulp nodig hebben, weet je. Meer dan jij nu. Hé, Engel! Af! Zit!'

Krijg nu wat! De hond gaat braafjes zitten. Misschien heeft het iets te maken met Norberts stem. Honden luisteren beter naar hoge geluiden, is het niet?

Prudence houdt op met praten en staart me aan.

'Hoe heb je dat geflikt?' vraagt ze vol bewondering. Dat heb ik haar nooit eerder horen zeggen.

'Goed zo, Pieper!' zegt een meisje dat Tiffany heet. Ik ken haar niet zo goed.

In het midden van het schoolplein zie ik Mary staan, ineengedoken tegen de kou in een veel te klein leren jasje. Ze leunt tegen de zieke iep en loert naar ons. En heel even, één seconde maar, kan ik een glimp van verlangen op haar gezicht zien. Zou dat kunnen? Ze is helemaal alleen en zij, of ten minste een deel van haar, wil er graag bij horen. Mary wil dat de mensen haar graag mogen.

De bel rinkelt. Tijd om in de rij te gaan staan.

'Ga naar huis, Engel,' zegt Prudence. Ze geeft de hond een klopje tegen de flank. Het beest blijft roerloos staan.

Ik schuif in de rij. Een jongen met wie ik nooit eerder een woord gewisseld heb, een basketbalspeler met bleekroze handen en een gezicht als het maanoppervlak, vraagt hoe het met me gaat. Zijn adamsappel wipt op en neer terwijl hij praat, als een dobberende kurk. Hij is zo mager dat, als je hem een por in zijn middel geeft, hij dubbel klapt als een tuinstoel.

'Ik voel me prima,' zeg ik.

'Goed. Ik heet Quincy,' zegt hij.

Ik weet het. In een klein stadje kent iedereen iedereen. Quincy en ik zijn nooit aan elkaar voorgesteld, maar ik weet alles over hem. Hij heeft een jongere zus en twee jongere broers, en zijn ouders zijn gescheiden, net zoals de mijne.

'Hallo,' zeg ik. 'Ik ben Alan.'

'Weet ik,' zegt hij. Zie je wel. Hij weet het ook.

Gary de bullebak loopt voorbij. Zijn neus ziet er een beetje anders uit dan anders, en dat komt door mij. Ik voel een klein scheutje schaamte en een grote tintelende angst. Ik vraag me af of hij in staat is om te vergeven en te vergeten. Laten we er een streep door halen. Elkaar de hand geven en wat gebeurd is achter ons laten.

Gary wringt zich vlak voor me in de rij. Poema's, staat er op de achterkant van zijn jasje. De lange, broodmagere basketbalspeler Quincy gaat niet snel genoeg uit de weg. Gary stompt hem in zijn maag, niet zo hard, maar toch hard genoeg om hem dubbel te laten vouwen.

Mijn scheutje schaamte verdwijnt op slag. Mijn ongerustheid daarentegen neemt fors toe.

'Hé,' zeg ik.

Gary draait zich om en staart me woedend aan. Een behoorlijk woeste blik heeft die, zeg! De gebroken neus laat hem er nog gevaarlijker uitzien, vind ik. Hij trapt op mijn tenen. Opzettelijk. Met zijn zware schoenen. De rij schuifelt naar voren. De basketbalspeler staat weer rechtop en strompelt verder, wat voorovergebogen als een lange grashalm in de wind. Gary verbrijzelt mijn voet, terwijl hij alsmaar dichterbij komt en me recht in het gezicht staart.

Hij is blijkbaar nog niet in staat om te vergeven en te vergeten. Misschien volgende week. Of volgend jaar. Misschien nadat hij me een paar keer gekeeld heeft. Ai!

Ik kan bijna niet meer lopen als hij eindelijk zijn voet weghaalt. Ik speur om me heen op zoek naar Prudence, maar Miranda en zij staan aan de andere kant van het schoolplein, bij het hek. Ze proberen Engel aan te porren om naar huis terug te keren.

'Loop eens door, daar,' zegt een leraar.

Ik strompel verder. De rij snelt me voorbij. Mary haalt me in. Als ze me ziet hinken, grinnikt ze gemeen. Speeksel bubbelt uit haar mondhoek. Misschien heb ik me toch in haar vergist. Misschien wil ze helemaal niet geliefd zijn. En als het wel zo zou zijn, dan pakt ze het absoluut verkeerd aan.

'Wat scheelt er, Pieper?' vraagt Miranda, als ook zij me ingehaald heeft. 'Heb je last van je hoofd?'

'Nee, niet van mijn hoofd,' zeg ik.

Mijn klas geeft me een warm applaus als ik binnenkom. Ik vraag me af of de klas van Prudence haar ook een ovatie geeft. Zij is de held, niet ik. Het enige wat ik gedaan heb, is in het water vallen en het bewustzijn verliezen. Zij heeft me eruit gehaald! Er is niets speciaals aan om een slachtoffer te zijn. Iedereen kan het.

Maar het is en blijft natuurlijk leuk om zien hoe je vrienden voor jou in de handen klappen, je het allerbeste toewensen, blij zijn je terug te zien. Victor stapt plechtig van het bureau van mevrouw Scathely naar mijn bank, met in zijn armen een ongelooflijke berg – jawel – huiswerk. Ik wou dat hij er niet zo vergenoegd uitzag.

En dan keren we terug naar de orde van de dag. Flora en fauna. *Je suis, tu es, il est.* De oorlog van 1812. Ik kijk niet echt uit naar de volgende dagen als ik dat allemaal moet inhalen.

Tegen de middagpauze is alles weer normaal. Het lijkt haast alsof ik nooit weg ben geweest. Victor, Dylan en ik zitten aan onze gewone tafel en versjacheren broodjes als vanouds. Dylan lust eigenlijk wel smeerkaas. Kun je dat geloven? Op klef wit brood. Ik ben blij dat ik kan ruilen met de rosbief van zijn moeder. Een sneetje rosbief op donker roggebrood met barbecuesaus, mmm. Een paar tafels verderop zit Prudence te praten met een meisje dat vroeger vaak gepest werd, omdat ze altijd jongenskleren aanhad. Ik weet dat het stom is om te lachen met kleren, maar het gebeurt. Eigenlijk is het hoe dan ook stom om met mensen te lachen. Miranda komt wat later naar binnen. Ze glimlacht naar me en loopt dan naar haar tafeltje.

Alles is heel normaal. Als ik mijn ogen dichtdoe, zou het de eerste week op school kunnen zijn … Vóór het ziekenhuis, vóór de schoolbijeenkomst, vóór de voetbalwedstrijd. Vóór Norbert. Ik moet trouwens eens uitzoeken wat er met hem aan de hand is.

Groot nieuws! Meneer Duschene, de leraar wiskunde, is thuis met griep. Zijn vervangster is een vriendelijke oude dame, die een grote kartonnen wijzerplaat gebruikt om de verschillende talstelsels uit te leggen. Ze doet het op zo'n manier dat zelfs ik het begrijp. Niet te geloven! Ze stelt een vraag in talstelsel zeven en ik heb vliegensvlug het antwoord klaar, net zo snel als Billy the Kid zijn wapen trekt. Sneller dan Victor, die zich op zijn stoel omdraait en me domweg aanstaart. Ik kijk naar mijn vingernagels alsof ik nooit iets anders gedaan heb. Niets aan. Talstelsel zeven, pff!

Tegen het eind van de les schrijft mevrouw een vraag op het bord en het antwoord flitst door mijn hoofd. Ongelooflijk. Ik voel me als Galileo of zo, tenminste … tot ze het antwoord op het bord schrijft. Het is niet mijn antwoord, maar iets anders. Hmm. Ze schrijft een nieuwe vraag op en weer gebeurt hetzelfde. De derde vraag, en weer fout. Dat eerste juiste antwoord moet een toevalstreffer geweest zijn. Tja.

Het laatste belsignaal. De bijna stille klas barst uit in een plotseling bombardement van dichtgeklapte boeken, achteruitgeschoven stoelen en opgewonden, luide stemmen.

Mijn rugzak weegt een ton. Ik ga heel alleen de trap af. Victor is verdwenen. Mensen zeggen hallo tegen me en stuiven weg. Ik kom alleen op het schoolplein aan.

De twee resterende Poema's staan aan de zuidelijke poort. Mary en Gary. Ze zijn allebei een hoofd groter dan ik, en veel gemener ook.

Alle leerlingen stromen naar de noordelijke poort. Ik baan me in mijn eentje een weg dwars over het schoolplein, tegen de stroom in. Nog meer mensen zeggen hallo en stoppen dan om me na te kijken. Ik zet koers naar de zuidelijke poort.

Ik vraag me af waar Prudence is. Ik kijk om me heen, of ik Miranda ergens zie, maar de bus is blijkbaar al vertrokken. Prudence kan eigenlijk overal zijn, ergens bezig haar domme hond aan te porren om iets te doen. Ik ben dus echt helemaal alleen als ik over het schoolplein naar de bullebakken toe loop.

Ik voel me als een held in een western. Ik zou een revolver en een cowboyhoed moeten hebben in plaats van een rugzak en een muts.

Mary glimlacht. Niet zo aardig. Niet alsof ze me wil vragen om met haar te spelen.

'Hé, Dingwall!' schreeuwt ze. 'Kom op, als je durft. En …'

Wel, ik zal maar niet zeggen wat ze precies roept, maar het is niet bepaald iets vriendelijks. Niet dat ik zoiets nooit eerder te horen heb gekregen, maar het blijft toch een beetje schrikken.

Ik loop door. Ik weet niet waarom, het is iets wat ik moet doen. Alleen, ik wou dat ik niet alleen was. Prudence zou een prima bondgenoot zijn, maar jammer genoeg valt ze nergens te bespeuren.

Het zou geweldig zijn als de andere kinderen op het schoolplein een voorbeeld aan mij zouden nemen en achter mij zouden samenstromen om ons gezamenlijk tegen de bullebakken te keren.

Maar dat gebeurt dus niet.

De anderen, gehaast om naar huis te gaan, lopen door. De rest treuzelt en kijkt toe. Ik denk niet dat ze mijn bloed willen zien vloeien, maar ze nemen ook niet deel aan mijn kruistocht.

'Ik wou dat ik niet alleen was,' mompel ik terwijl ik alsmaar dichterbij kom.

'Je bent niet alleen,' klinkt een vertrouwde stem.

'Ik bedoel, ik wou dat ik een beetje echte hulp had,' zeg ik.

'Je krijgt alle hulp die je nodig hebt,' zegt Norbert. Jee, hij klinkt serieus! Gewoonlijk geeft hij een slimmer antwoord.

Een middag in de vroege winter. Grijze lucht met een zon die er af en toe doorheen komt piepen, een bleek, melkachtig ding, al half weggezakt in het westen.

'Waar denk je heen te gaan, Dingwall?!' schreeuwt Gary.

'Naar huis,' zeg ik. Zonder poespas. Ik loop door in de richting van de poort.

'De weg naar buiten is die kant op,' zegt Mary, met haar vinger wijzend.

Een kind in het midden van het schoolplein denkt dat ze naar hem wijst. Hij draait zich gauw om en loopt weg.

'Ik wil hier naar buiten,' zeg ik rustig.

'Wel, dat gaat niet!'

Ze staan dicht bij de poort, klaar om de doorgang te blokkeren. Ik kijk over mijn schouder.

Mary lacht.

'Niemand komt je helpen, Dingwall! Zelfs je nieuwe

vriendinnetje Prudence niet. Ze moet alweer nablijven. Nog
drie kwartier.'

'Ga aan de andere kant naar buiten, zoals iedereen.'

'Vaarwel, Alan,' fluistert Norbert tegen me.

'Wat? Ga je weg? Nu?!'

'Het is tijd.'

Ik blijf staan. Mary en Gary komen op me af.

'Norbert ... ik weet niet wat ik moet zeggen. Veel geluk.'

'Dank je wel. Jij ook.'

Gary en Mary hebben een grote, gelukzalige glimlach op
hun gezicht. Ze scheppen er nu al plezier in om me tot moes
te slaan.

'Laat je ooit nog iets van je horen?'

'Natuurlijk.'

'Hoe weet ik dat je er bent?'

'Je zult moeten luisteren Als je goed luistert, hoor je me
wel. Dan ben ik in de buurt.'

'O ...'

Ik haal diep adem. Gary en Mary zijn bijna bij me. Tijd
voor heldendaden. Ik vraag me af hoe de tegels zullen aanvoelen. Ik veronderstel dat ik het snel genoeg te weten zal komen.
Ik blijf doorlopen.

'Onthou dat je niet alleen bent, Alan.' Dat is het laatste wat
Norbert tegen me zegt.

'Wat was dat, Dingwall? Probeer je iets te piepen naar
ons?' zegt Mary.

Gary blijft staan, een beetje onzeker nu. De laatste keer dat hij Norberts stem hoorde, was in de jongenstoiletten, vlak voor zijn neus gebroken werd.

De poort is tien stappen verder. Ik ben bang, maar vertik het om me om te draaien en het schoolplein weer over te lopen. Ik wil ook niet rakelings voorbij Mary en Gary de poort uit stormen. Gewoon rustig naar buiten wandelen, dat wil ik.

Ik sta dicht genoeg bij Mary om haar adem te ruiken. Die is allesbehalve fris en muntachtig. Mary steekt haar hand uit om naar mijn keel te grijpen. Ik kan niets geestigs bedenken. Ik zeg helemaal niets.

Wat ik doe, is niezen. Sommige niesbuien zijn droog en beleefd, lichte snurkjes, zo beheerst dat je ze soms niet eens opmerkt. Er zit dan meer nies aan de binnenkant dan aan de buitenkant. Zoals een klappertjespistool dat niet afgaat. Het enige wat je hoort, is een kort gesis en een klikje. Sommige niesbuien zijn dan weer noch droog, noch beleefd, en onopgemerkt blijven ze al helemaal niet. De niesbui die ik voor Mary en Gary ten beste geef, is warm en nat en geweldig explosief, echt een kanonschot van een niesbui. Ik wankel achteruit door de krachtige terugslag.

Mary zoekt dekking alsof ze beschoten wordt, wat in zekere zin ook zo is. Ze krijst en zet zonder het te willen een stap achteruit. Ik doe een stap naar voren en vuur opnieuw een schot af. En opnieuw. En ik loop door.

Mijn hoofd doet pijn. Mijn oren weergalmen. De lucht is vol met … Ja, waarmee eigenlijk?

'Verdomme, Gary, wat is dat?!' Mary's stem lijkt van heel ver te komen.

'Pas op! Het komt naar ons toe!'

Mijn blik is een beetje wazig, zoals dat gaat als je hard moet niezen. Een kleine, donkere stip fladdert voor Mary en Gary. Een stip die bliksemsnel heen en weer schiet.

Ze deinzen achteruit, weg van mij en van de poort. Eén seconde lang, als de zon door het wolkendek piept, schittert de stip als een brokje goud. Het ding achtervolgt de twee bullebakken, schiet tussen hen in en jaagt hen van me weg.

Ik sta sprakeloos. Even diep ademhalen door mijn neus. Het voelt hetzelfde aan als gewoonlijk en toch vraag ik me iets af.

'Norbert?'

Geen antwoord.

'Norbert? Ben je daar?'

Stilte. Ik luister ingespannen, maar het enige wat ik kan horen, is volslagen stilte.

'Bedankt,' zeg ik.

Dan hijs ik mijn rugzak wat hoger en loop door de zuidelijke poort naar buiten.

Hij is oké

Er zijn nog een paar dingen die ik moet vertellen. Ik neem het vakantiebaantje in de winkel van meneer Grunewald aan. Mijn moeder doet daar nu haar boodschappen. Ze stopt onderweg als ze van haar werk naar huis gaat. Gewoonlijk ben ik tegen die tijd klaar met mijn werk en rij ik met haar mee. Het betekent dat ik haar nu meer te zien krijg dan vroeger. En dat ik haar kan helpen met inkopen doen. We hebben dus al een hele tijd geen rijst of zachte kippenbrokjes meer op het menu gehad.

Ik zou volgende maand terug naar het ziekenhuis in Toronto moeten voor een nieuwe MR-test. Mijn neus voelt hetzelfde aan als altijd, en toch betwijfel ik of ze nog het silhouet van een vreemd ruimteschip in mijn neusholte zullen kunnen zien.

Mijn moeder vraagt hoe het met mijn ingebeelde vriend gaat. Als ik haar vertel dat hij er blijkbaar vandoor is gegaan, knikt ze.

'Het hoort er gewoon bij als je groter wordt, Alan,' zegt ze.

'Soms mis ik hem wel,' vertel ik haar. 'Ik hoop dat alles goed met hem gaat.'

'Ik ben er zeker van dat dat zo is,' zegt ze.

En misschien heeft ze wel gelijk. Enkele dagen later ga ik bij Miranda eten – een paar keer nu al – en na het eten zitten we op de bank en kijken we naar een special over countrymuziek op televisie. Live vanuit een of ander stadion. Ergens waar het warm is buiten. Op het podium staat k.d. lang te zingen over een potig meisje. Ze glimlacht, hoewel ze duidelijk lastig gevallen wordt door … Wel, op het scherm lijkt het een insect. Je kunt in de spots duidelijk zien hoe het haar achtervolgt op de planken. Ze schudt haar hoofd naar voren en naar achteren en zwaait wild met haar handen. Plotseling weerklinkt een hoge gil, een beetje als een fluitende microfoon. Wat het ook is, k.d. lang houdt even op en begraaft haar gezicht in haar handen. Als ze ten slotte doorgaat met zingen, lijkt ze helemaal in de war. Je kunt het goed zien omdat de camera recht op haar gezicht gericht staat. En ik zweer je dat haar neus trilt …

Aan het eind van het liedje reageert het publiek wild enthousiast, en k.d. lang grist een zakdoek uit haar broekzak.